大帝国の皇子、
隣国のお姫さま×2の
求婚が過激すぎて
選べない!?
愛内
Nano Aiuchi
illust:あきのそら
KiNG novels

水の国のお姫さま
ネロア

火の国のお姫さま
フォティア

「ファウダー様、んっ♥」

「んぁ、熱いおちんぽが、当たって……♥」

俺は後ろから、彼女たちの姿を眺める。

女の子ふたりが折り重なるようにしているので、
その秘部が並んでいる。

愛液をあふれさせ、肉竿を待ちわびているアソコ。

そのエロい光景に滾りながら、俺は無防備なそこに
肉棒をこすりつけていった。

大帝国の皇子、隣国のお姫さま×2の求婚が過激すぎて選べない⁉

愛内なの
illust：あきのそら

KiNG novels

大帝国の皇子、隣国のお姫さま×2の求婚が過激すぎて選べない!?

contents

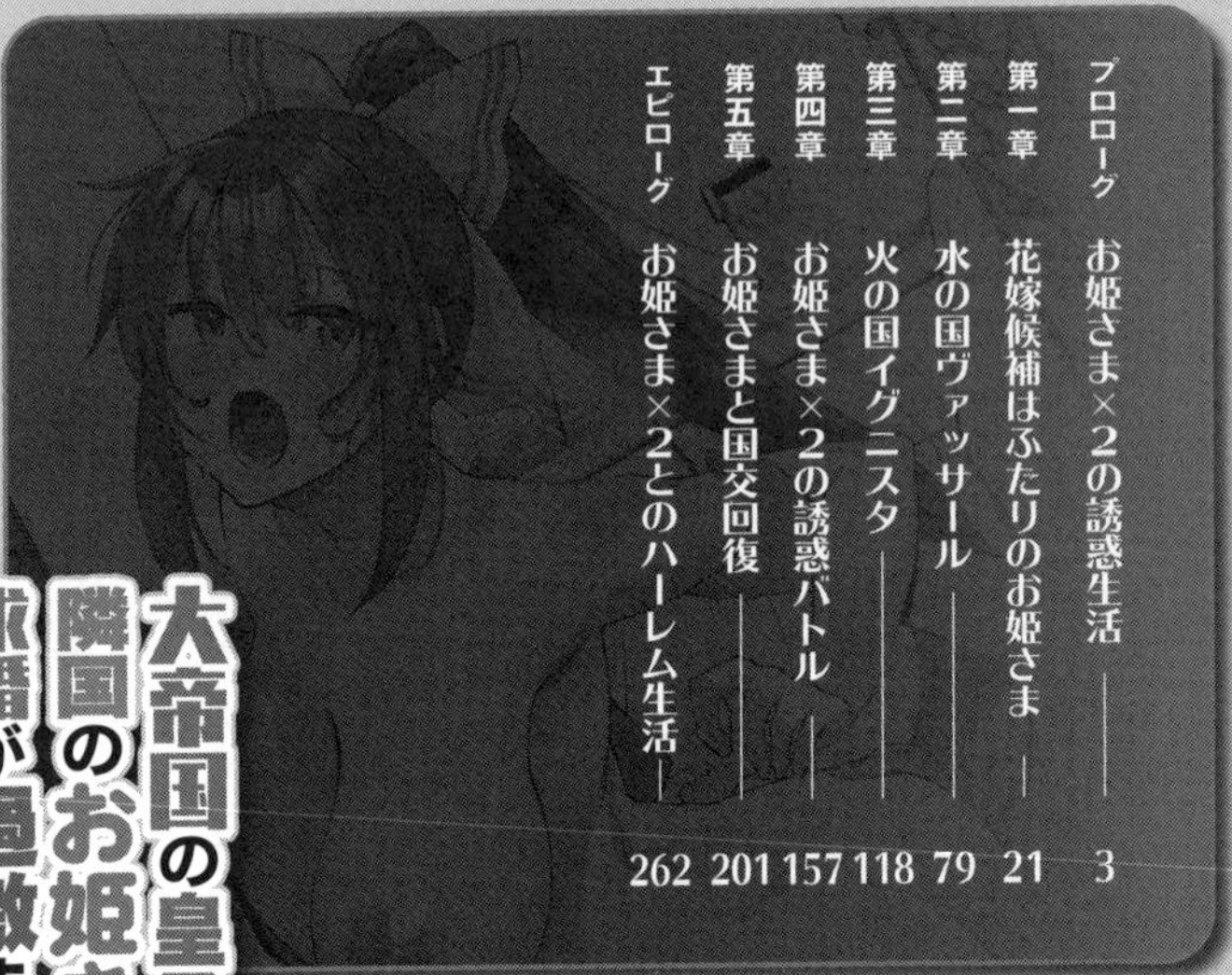

プロローグ　お姫さま×2の誘惑生活

大陸随一の強国である、ガルモーニャ帝国。

新たな領土拡大を行ってはいないものの、すでにその力は図抜けていた。

圧倒的強者として、この大陸に君臨しているのだ。

そんな帝国の次期皇帝が、いよいよ妻を娶《めと》ることになった。

そのお妃候補としてあげられたのが、帝国の隣に位置する二つの国のお姫さまだ。

水の国ヴァッサールと火の国イグニスタ。

帝国にこそ及ばないものの、それぞれが大国として相応の力と独自の技術を持っている。

どちらも家格としては皇帝の妻にふさわしく、本来なら両者とも娶る、ということになってもおかしくはなかった。

しかし、ヴァッサールとイグニスタという二ヶ国は、信仰する女神の違いや、それに伴う教義の差から、たいへんに仲が悪かった。

帝国が大きく勢力を伸ばしたこともあり、やがてその争い自体は収まったものの、両国間では最近になっても正式な国交が結ばれていない。

今でもそれぞれの国では、大昔の悪評や仇敵のイメージだけがはびこり、没交渉が続いている。

そんな中で持ち上がった、次期皇帝の妻を決める、という話。

それは、古い関係が更新されないままだった両国にとって、避けられない勝負となった。

帝国との縁が深まれば、相手よりも一歩前へ出ることができる。

そしてそれは、より優れた人材を擁する国だという、証明にもなるだろう。

そんなわけでヴァッサールとイグニスタの両国は、次期皇帝がどちらのお姫さまを選ぶのかという勝負を、勝手ながらも始めたのだった。


……と、他人事のように言ってみたものの、その次期皇帝というのが俺だ。

帝国側から見れば、どちらを選んだところでそう重い決断ではない。

確かに婚姻を結んだほうの国とはより親密になるだろうが、残った国ともこれまで通りの関係が続くだけである。

そのため、妻選びに関しては、現皇帝である父からも好きにしていいと言われていた。

本来、王族の結婚というのは国内外のパワーバランスで行われる。

甘い恋愛などではなく。あくまで家同士の問題なのだが……。すでに長きにわたって、平和な状態が続いている。

政略的な意味に拘《こだわ》る必要もないし、帝国のほうが大きな力を持っているで、両国のどちらかと関係が悪化するような心配もないだろう。

妃候補の両国には、それぞれに強みがある。総合的に見ても、国としての評価は同じくらいだ。

そのため帝国内でも、俺自身と相性の良い相手を選び、無難におさめるべき、というのが理想とされている。

両国も、それがわかっていたようだ。最初こそいろいろあったが、無理なことはしてこない。

そして最終的には個人の魅力――ひらたくいうと、誘惑によるバトルになってしまった。

俺にとっては気楽な状況でもあり、お姫さまふたりによる誘惑バトルは、男としても最高の状態だ。そんな訳で今の俺は、かなり浮かれている。

そして俺の元に、今夜もふたりがそろって現れたのだった。


「ファウダー様、今日もご奉仕にまいりました♪」

そう言って笑みを浮かべるのは、水の国ヴァッサールのお姫さまであるネロアだ。

白い肌に、きれいな金色の長髪。

おとなしそうな雰囲気で、立ち姿はまさに清楚系の美女だった。

ヴァッサール国内でも、理想のお姫さまだと言われるような人気者である。

一見おっとりとした美女なのだが、お姫さまという立場にも自覚的で、冷静でやや理屈っぽい面もある。

そういう意味では俺とはタイプが近く、相性もいい。

その点も含め、ヴァッサール王国は理想的なチョイスをしてきた、といえる。

ネロアは箱入りではあるものの、この婚姻勝負の趣旨をちゃんと理解している。

不慣れながらも性的な魅力を、しっかりとアピールしてきているのだった。

そんな彼女が、たわわな爆乳を揺らしながら俺に近づいてくる。

「あたしも、ほら、ファウダー」

そして今度は、フォティアがこちらへと迫ってきた。

彼女は火の国イグニスタのお姫さまで、俺とは以前から交流があった。

赤い髪をポニーテールにした、元気な印象の女の子だ。

俺のガルモーニャ帝国や、ネロアのヴァッサール王国と比べると気安い国民性であるイグニスタ王国の気風もあるのだが、彼女自身も素直な性格だ。

イグニスタ国内では、親しみやすいお姫さまとして人気だという。

その素直さは花嫁決めにおいても発揮され、常に国としての利益を考えているネロアに対して、フォティアにはその色が薄い。

彼女は幼い頃から俺が好きだったので今回のことに立候補した、と正直に宣言してしまっている。

次期皇帝としてはそのストレートさに驚く部分もあるものの、俺にはない部分で支えてくれる、と考えればそれもまた適任という気がしている。

もちろん、真っ直ぐに好きだと言われるのは、俺個人として嬉しいしな。

そんな彼女たちに迫られながら、俺はベッドに向かった。

夜は基本的にはひとりずつ、交代で訪れることが多いのだが、最近はこうしてふたりで来ることも増えてきていた。

　ふたりの美女から同時に、自分を選んでほしいと迫られるのは、男冥利に尽きる話だ。

「失礼しますね」

　そう言って、ネロアが俺の服へと手をかけていく。

「じゃあ、あたしはこっちを脱がすね」

　ふたりはそれぞれに分かれ、手早く俺を脱がしていった。

　そしてもちろん、彼女たちも服を脱いでいく。

　自分の手で脱がすのもいいが、こうしたシーンを眺めるのも好きだ。

　母所ふたり分ともなると、ちょっとした背徳感がある。

　彼女たちは服をすべて脱ぐと、あらためて俺へと迫ってくる。

「今日は、お胸でご奉仕いたしますね」

　そう言って、ネロアが自らの胸を持ち上げるようにしてアピールした。

「おお……」

　思わず見入ってしまう。

　豊かな双丘が腕に押し上げられ、柔らかそうにかたちをかえる様子は、男なら誰しも目を惹かれてしまう光景だろう。

　その魅惑的な胸を見せつけながら、ネロアがかがみ込む。

「ファウダー、えいっ♪」

「うぉ……」

そんな風に爆乳に見とれていると、俺の顔が柔らかなものに包み込まれる。

どうやらフォティアが、そのおっぱいを顔へと押しつけてきたようだ。

視界は塞がれているものの、気持ちいい柔らかさと心安らぐ匂いに包み込まれる。

「むにゅー♪」

そのままおっぱいを押しつけてくるフォティア。

柔らかおっぱいの気持ちよさに浸っていると、やはり興奮してくる。

俺はそのまま、押しつけられているおっぱいを両手で揉み始めた、

「あんっ♥　ん、ふぅっ……」

むにゅむにゅと、どこまでも変形するおっぱい。

揉んでいる指も気持ちがいいし、顔に押しつけられている部分も柔らかく反応して最高だ。

「んっ……あふっ……」

自分から押しつけてきたフォティアが、揉まれたことで受け身に回っているというのも、ギャップがあってそそる。

俺はそのまま、フォティアの巨乳に顔を埋めながら揉んでいった。

「ん、あぁっ……」

むにゅむにゅと、そのたわわな果実を顔と手で堪能していく。

「わたしはこちらを、えいっ♥」

すると、反応し始めていた肉竿が、柔らなものに包み込まれた。

「あぁ……♥　ファウダー様のおちんぽ♥　すごく熱いです……」

俺の肉棒は、ネロアのおっぱいに挟まれてしまったようだ。

柔らかな乳房が、左右からむぎゅっとチンポを刺激してくる。

「ん、しょっ……」

温かな圧迫感がとても心地いい。

「むぎゅー、ぎゅっぎゅっ♥」

ネロアはそのまま自らの手でおっぱいを動かし、肉棒への愛撫を行っていった。

「硬いおちんぽ♥　こうやっておっぱいで、ぎゅー♪」

その柔らかな刺激に、肉竿が溺れていく。

「むぎゅぎゅっ、むにゅんっ♥　ファウダー様、わたしのおっぱい、気持ちいいですか？」

ネロアが尋ねながら、肉竿を刺激してくる。

「あたしの胸、気持ちいいでしょ？」

それに対抗するように、フォティアもおっぱいを突き出してきた。

俺は手と顔、肉棒の三つで、彼女たちのおっぱいを楽しんでいった。

「ん、しょっ……」

「あんっ♥　ん、ふぅっ……」

ふたりのおっぱいを余すことなく楽しむことは、純粋な気持ちよさにも加え、満足感や幸福感をもたらしてくれる。

「むにゅむにゅっ、むぎゅー♥」

「ん、はぁ……あふっ♥」

おっぱいを揉みながら、別のおっぱいでチンポを刺激されるというのは、普通ならできないことだからな……。

ふたり同時だからこそのおっぱいプレイに、俺の興奮は高まる一方だった。

「ファウダー様のおちんちんを、おっぱいで包みこんで、むぎゅー♪」

肉竿が爆乳に埋もれ、全方位から柔らかさを感じる。

その最中にも、俺は好きなようにフォティアのおっぱいを揉んでいくのだ。

「あんっ♥　ん、あぁ……」

胸をいじられ、色っぽい声をもらすフォティア。

俺はおっぱいまみれの状態を楽しんでいく。

「もっと動きやすいようにしますね……ちゅぽっ♥」

「んむっ！」

「ひゃうっ♥　ファウダー、息、くすぐったいよ、んっ♥」

ネロアが俺の肉竿をぱくりと咥えてきたので、思わず声が漏れる。

急に温かな口内包まれ、敏感な先端を刺激されてしまった。

そんな俺の息をおっぱいで感じたフォティアが、くすぐったそうに身をよじる。

「ちゅぷっ、ちゅぱっ……こうして、おちんぽを濡らしてから、れろっ、ちゅぅっ」

「んぅっ……！」

「んっ♥　もう、むぎゅーっ♥」

咥えたまま舐め回してくるネロアの奉仕にまた声が漏れると、フォティアがおっぱいをぎゅっと押しつけてきた。

柔らかく気持ちがいい息苦しさを感じながら、俺は押しつけられるおっぱいを揉んでいく。

「あふっ♥　ん、はぁっ……♥」

その愛撫で、フォティアが気持ちよさそうにあえいでいった。

「ん、ファウダー、あっ♥」

「ちゅぱ、れろっ、ちゅぅっ……♥」

ネロアは亀頭をしゃぶり続け、ねっとりとした愛撫を行っている。

「ん、ふぅっ……おちんぽ、これだけ濡れていれば、滑りもいいはずですね♪」

彼女は楽しそうに言うと、肉竿から口を離して胸を動かし始めた。

「ん、しょっ……」

柔らかな胸が肉竿を擦っていく。

「あふっ、熱いおちんぽを、ん、ふぅっ……♥　わたしのおっぱいで、こうやって、擦り上げて……んぁっ……♥」

ネロアの爆乳が肉竿を包み込んで、ゆっくりと上下した。

下半身からの新たな刺激に反応して、俺は目の前のフォティアの胸への愛撫を加速する。

「あんっ♥　あっ、おっぱい、そんなにむにゅむにゅされたら、ん、あふっ、んはぁっ、あっ♥　あぁ……！」

フォティアは艶めかしく喘ぎながら感じていく。

「あぁ、ん、あふっ……きゃっ♥」

柔らかおっぱいの先端で、つんと尖っていた乳首に触れると、彼女はかわいらしい声を漏らした。

「ファウダー、ん、あぁっ……♥　乳首、つまんじゃだめぇっ……♥　んぁっ、ああっ！」

俺は悶えるフォティアの乳首を、くりくりといじっていく。

「わたしも負けないように、えいえいっ♥」

俺がフォティアに夢中になっていると思ったのか、ネロアがさらに大胆におっぱいを動かし、パイズリ奉仕を強めた。

柔らかな双丘に挟まれた肉棒が、ずりゅずりゅっと擦り上げられて気持ちがいい。

ほどよい乳圧によるしごきで、射精欲が増していく。

「ん、しょっ……おちんぽを絞るようにして、ふぅっ、んっ♥」

自由に動く柔らかおっぱいの愛撫に、俺は限界を迎えつつあった。

「あぁっ♥　ファウダー、ん、あふっ♥」

「ん、しょっ、あぁ……♥　先っぽから、ぬるぬるがあふれ出してます……♥　わたしのおっぱいで、いっぱい精液を出してくださいね♪」

ふたりのおっぱいを存分に堪能しながら、俺は贅沢に上り詰めていった。

「ああっ、ん、あふっ♥」

「おっぱいからハミ出してきた先っぽを咥えて、あむっ♪」

ネロアは再び先端を咥え込むと、そのまま胸も動かしていく。

「ん、しょっ……ほら、ファウダー様、イってください♥　えいっ！　むぎゅー、たぷたぷっ、むぎゅぎゅー♪」

「ああ……！」

俺はそのまま、ネロアのパイズリで気持ちよく射精する。

絞り出そうとするようなおっぱいの動きで、精液をほとばしらせていく。

「んむっ♥　ん、んくっ♪」

先端を咥えられたままなので、彼女の口内にすべての精液を放っていった。

「んんっ、ん、んくっ、ごっくん♪」

ネロアはそのまま、精液を飲み込んでいく。

「あふっ……ファウダー様の、濃い子種♥　いただいちゃいました♪」

そうして彼女たちは一度、密着状態から離れる。

裸の美女ふたりを眺めると、すぐに欲望が湧き上がってくる。

「ねぇファウダー、次はあたしたちのここで、ね？」

そう言ってフォティアが軽く足を開く。

「ファウダー様、わたしも……」

ネロアもそう言って迫ってきた。

「ふたりとも、ベッドに寝そべってくれ」

俺がそう言うと、彼女たちはすぐに従う。

ふたりの身体が重なるような体勢で、ベッドへと寝てもらった。

仰向けになったフォティアの上に、ネロアが覆い被さるような形だ。

裸の女の子同士が身体を重ねているというのも、なかなかに興奮する状態だな……と彼女たちを眺めながら思った。

ふたりとも胸が大きいため、おっぱいが当たってむにゅりとかたちを変えている。

そんなふたりの後ろに回ると、さらにエロい光景が広がっていた。

ふたり分のおまんこが上下に並んでいるのだ。

愛液をあふれさせ、俺の肉竿を待ちわびているふたりのアソコ。

彼女たちの花びらは、濡れて薄く花開いている。

「ファウダー様、んっ……♥」

「きて……」

そのエロい光景に滾《たぎ》りながら、俺は無防備なおまんこに肉棒をこすりつけていった。

「んはぁっ、あぁっ……♥」

「ファウダー、あっ、んっ……♥」

ふたりの秘裂の間へと肉棒を挿入し、そのおまんこを擦っていく。

上下からおまんこの肉に挟まれ、ふたり同時での素股のような刺激だ。

「ファウダー様、んっ♥」

「んぁ、熱いおちんぽが、当たって……♥」

擦られる彼女たちも、甘やかな声をあげていく。

ふたりの秘部を同時に楽しむことができるなんて、たまらない。

俺はそのまま、彼女たちに間で往復していった。

「ああっ♥　ん、ふぅっ……！」

「あんっ、ん、はぁっ、ああっ……♥」

染み出す愛液で滑りがよくなり、肉棒はスムーズに受け入れられていく。

「ファウダー様の、んぁっ♥　硬いのが、こすれて、ああっ！」

「んぁっ、ああっ……」

三人の性器をこすりあわせて、快感を増していく。

「ああっ♥　ん、あふっ、そこ、ああっ♥」

「ひうっ！　ん、ああっ、クリトリス、ん、ああっ！」

腰の角度を変えると、彼女たちのもっとも敏感な淫芽にも刺激を与えたようだ。

「ああっ♥　ん、あふっ、ダメです、そんなに、そこを突かれると、わたし、ん、ああっ！」

「あふっ、こすれて、あっあっ♥　感じちゃう、ん、ああっ！」

そうしてしばらく、クリトリスに刺激を与えるように動いていった。

「あっあっ、ん、はぁっ♥　ああっ！」

「んくぅっ！　んぁ、ああっ！　あふっ、ん、はぁっ……♥」

「そこ、ああっ♥　おちんぽに擦られて、ん、ああっ！」

「ひぅっ♥　クリちゃん、そんなにしたらだめぇっ♥　んぁ、あ、んくぅっ！」

このままクリトリスを擦りながら素股を続けていくのも気持ちいいし、ふたりを同時に味わえるので悪くはないが……。

目の前に濡れたおまんこがあれば、入れたくなるのがオスの本能だ。

俺はその本能に従って、まずはネロアのおまんこへと肉棒を挿入した。

「ああっ♥　んはぁっ！　太いの、入ってきて、ん、ふぅっ……」

蠕動する膣襞《ちつひだ》が、肉棒を迎え入れて喜ぶように吸いついてきた。

俺もたまらず、彼女の中を往復していく。

「んぁっ♥　あふっ、ファウダー様、あっ♥　ん、はぁっ！」

すでに素股でスイッチが入っていたこともあり、彼女の膣内も準備万端。

肉竿を咥えこんで締めつけてくる。そんな彼女に合わせるように、俺も腰を振っていった。

「あふっ、んあっ、ああっ！　おちんぽ、中をいっぱい、ん、はぁっ！」

一対一ならこのまま盛り上がりに任せて腰を振っていくところだが、フォティアを待たせすぎるのもよくない。俺は一度ネロアの中から肉竿を引き抜くと、次はフォティアに挿入していった。

「んくぅっ♥　おちんぽきたぁっ……♥　んぁ、ああっ！」

彼女の中ももう十分すぎるほど濡れており、スムーズに肉棒を受け入れる。

悦びに震える膣内を、思いきり擦り上げていった。

「あっ♥　ん、はぁっ、あふっ、ん、あうぅっ……♥」

そのままぐいぐいと腰を振っていく。

「あふっ、ん、はぁっ、ああっ！」

そしてある程度まで腰を振ったところで、再びネロアに挿入した。

「んあぁっ♥　ファウダー様、ん、ああっ……！」

「ファウダー、ん、あうぅっ♥」

俺は代わる代わる、ふたりのおまんこに挿入し、ピストンを行っていく。

「あぁっ、ふぅっ、ファウダー様、あっあっ♥　ん、はぁっ！」

「んはぁっ！　あっ、ん、ふぅっ！　おちんぽが、中をかき回して、あっ、ん、くぅっ！」

ふたりも快楽に乱れていく。

俺のほうは休みなく挿入とピストンを繰り返しているため、どんどん射精欲が増していた。

「ああっ♥　ファウダー様、んぁっ♥　あっ、わたし、もう、ん、くぅっ♥　イっちゃいそうですっ、んぁっ！」

ネロアがそう言いながら嬌声をあげていく。

そこで俺は、さらにペースを上げて彼女のおまんこを突いていった。

「んはぁっ♥　あっあっ♥　もう、イクッ！　んぁっ、ああっ、イキますっ♥　あっあっ、ん、はぁっ、ああっ！」

うねる膣襞を擦り上げ、奥まで肉棒で突いていく。

「あっあっあっ♥　イクッ、んはぁっ、ああっ、イクウゥゥゥゥッ！」

ついにネロアが絶頂を迎え、その膣内がきゅっと収縮した。

俺はそんな絶頂おまんこを、さらに擦り上げていく。

「んはぁっ♥　ああっ♥　イってるのに、そんなに突かれたらぁっ♥　あっ、また、ん、くぅっ！」

小さく連続イキをしたネロアは、徐々に脱力していった。

「あふっ♥　ん、あぁ……♥」

ネロアから肉棒を引き抜くと、その勢いのままフォティアの中をかき回していく。

「ああっ♥　ファウダー、んっ♥　そんなに激しくされたら、んあっ♥」

彼女のほうもすでに十分盛り上がっており、膣襞が肉棒を咥え込んでくる。

俺はそのまま激しく腰を振り、二つ目のおまんこも絶頂へと導く。

「あぁっ♥　んはぁっ、あふ、ん、あっあっ♥」

膣襞がきゅうきゅうと肉棒に絡みつき、快感を膨らませていった。

「あふっ、ん、ああっ♥　ファウダー、ん、あぁ、んぅっ！」

フォティアも嬌声をあげながらますます乱れていく。

「んはぁっ♥　あっ、ん、気持ちよすぎて、ああっ♥　ん、くぅっ！」

それに合わせて膣襞がうねり、肉棒を絞り上げてきた。

あまりの気持ちよさで、精液が駆け上っていくのを感じる。

「う、出すぞ！」

「うんっ♥ きてっ♥ あっあっあっ♥ ん、はぁっ！」

俺はラストスパートで、激しいピストンを繰り返す。

「あぁ！ んはぁっ、あっ♥ イクッ！ んぁ、ああっ！ あっあっ♥ イクイクッ、イックウウウウウッ！」

どびゅっ！ びゅくくっ、びゅるるるるっ！

彼女が絶頂するのに合わせて、俺も射精した。

「んはぁっ♥ あぁっ、中、熱いの、びゅーびゅーでてるっ……♥」

中出しを受けて、フォティアが気持ちよさそうに声を上げた。

膣襞が肉棒を締め上げて、精液を余さず絞りとっていく。

「んはぁっ……♥ あっ、あぁ……♥」

俺は射精を終えると、名残惜しげな彼女から肉棒を引き抜いた。

そしてそのまま、ベッドへと倒れ込む。

「ファウダー様♪」

「あたしも、ぎゅー♪」

そんな俺に、左右からふたりが抱きついてきた。彼女たちの体温と、身体に当たる柔らかさを感じる。

「ね、ファウダー、気持ちよかった？」

「ああ、すごくよかったよ」

美女ふたりに求められて、思う存分交わる。男として最高に幸せな状態だ。

「そうなんだ、よかった」

そう言ってフォティアが甘えるようにすると、反対側のネロアも同じように身体を寄せてきた。

「ファウダー様、休憩したら、また気持ちいことしましょう？」

そう言いながら、俺の身体をなでてくる。

「次はわたしの中にも、ファウダー様の子種汁をください♪」

ネロアの手が、優しく肉竿をなでた。

「ああ」

先程出したばかりだというのに、そんなネロアのおねだりに、俺の睾丸はすぐにでも精子を充填しようと動いているようだった。

美女にエロく迫られる、男冥利に尽きる日々。

しかし幸せすぎるからこそ、どちらかを選ばないといけないというのは、悩ましい話だ。

けれど、それを考えるのはもう少し後の話。

今は彼女たちのアピールに応えるべく、もっと精力をつけないとな。

そんなことを考えつつ、俺はふたりに抱きつかれながら、幸福感に浸っているのだった。

第一章　花嫁候補はふたりのお姫さま

自らの出生や立場について考える機会なんていうのは、大きな転機か人生の終わり際、もしくは不意に見つけた思い出の品からノスタルジーで殴りつけられたときくらいのものだが、今の俺も例に漏れず、人生の転機を迎えているのだった。

結婚。

一部からは人生の墓場などと揶揄されるそれだが、それまでと生き方が変わるという点で見れば、むしろ生まれ直しに近いのではないだろうか。

毛足の長い真っ赤な絨毯に足をつけながら、そんなことを考えた。

他よりも高い天井は一見すると開放感を、しかし実際には装飾などとあわせた荘厳さ、あるいは圧迫感を周囲に感じさせている。

帝国の紋章がこれ見よがしに飾り立てられ、その権威を見せつけてくる。

そんな部屋の中で正面に座る皇帝——俺の父親が口を開く。

「どちらにするかは、お前自身の判断で決めてかまわない。帝国にとっては、どちらの国も良い相手だ。しかし同時に、新たな縁がなくても問題はないともいえる。そんなことよりも、皇帝になるお前と共に過ごせる者、お前にとってプラスになる者を選ぶといい」

皇帝がそう言うと、執事がこちらへと歩を進めた。

話は終わり、ということらしい。

俺は形式的な挨拶を述べると、執事とともに部屋を出る。

親子のやりとりとしては、あまり一般的ではないかもしれないが。

そもそも一般的な立場にない俺にとって、それは普通のことだった。

ガルモーニャ帝国の第一皇子。

現皇帝直系の息子にして、帝位継承権一位の次期皇帝だ。

優れた才覚や華々しい実績ではなく、単に生まれがよかったというだけで地位や経済的余裕を約束されたラッキーボーイでもある。

ファウダー・ガルモーニャは、すでに安定した大帝国に跡継ぎとして生まれ、そのために育てられ、そのように生きてきた。そして今回、二つの隣国がそれぞれのお姫さまを「是非とも次期皇帝の嫁に」と送り込んできたのだった。

帝国はそのどちらかを選び、そうなればそちらの国と縁が深くなる。

もちろん選ばなかった国とも、険悪になるというようなことはない。

どちらも帝国にとっては友好国だし、これまでと変わらない付き合いが続くだろう。

ただ、なにかがあったときにどちらを優先しやすいか、という部分が変わってくる。

それは一見、平時だとなんでもないことのようだが、帝国の後ろ盾というのはここぞというときに輝くものだ。

まあそれらを差し引いても、三ヶ国とも国内が安定しており、目下これといった問題を抱えているわけでもない。それならば最大の勢力を誇る帝国と縁を結んでおくのが一番無難だろう、という程度の話ではある。

つまるところ今回の結婚は、政略結婚ではあるものの、そこまで切羽詰まった必死なものではない、ということだ。

だから皇帝も俺に、「好きなほうと結婚しなさい」と言うのである。

なんだかまともな親みたいだな、と思った。

さて。

そんなわけで俺は、隣国から来たふたりのお姫さまと会い、共に過ごし、そのどちらかと結婚することとなったのだった。

皇帝ともなれば一夫多妻というのもないではないし、ふたりと結婚するという選択肢も場合によってはあったのかもしれないが、今回に関してはどちらか一方だ。

それは主に、相手側の事情に関係する。

身も蓋もない話。隣国のヴァッサールとイグニスタは地味に仲が悪いからだ。実利的な対立と言うよりも、国の成り立ち、信奉している女神に関する問題で、古くからの教義が相反するものであるため交流に乏しい。

まったくの没交渉ということでもないのだが、基本的には相手国への連絡さえも、帝国を通すのが通例になっているのだった。

積極的に争うことはしないけれど、仲良くしようという気もない、といった具合だ。

今でこそそこまでの食い違いもないが、連綿と受け継がれてきた空気感というのは、それなりのきっかけがないと払《ぬぐ》いがたいようだった。

なまじ、国が安定していて、変化の必要にかられていないというのも大きいだろう。

安定はいいことだが、同時に進歩の妨げにもなる。

してみると今回の婚約者決めは、帝国との縁を結ぶものであると同時に、ある種の小競り合いでもあるのかもしれない。

勝てば相手方にちょっとした優越感を覚えられる、といった類《たぐ》いの。

ま、なんにせよ、だ。

俺は数日後に訪れる彼女たちとの出会いを前に、いよいよ結婚か、などと思いを巡らせていた。

あらかじめ決められていたことであり、これからも粛々と続いていく人生の一部だとしても、やはり結婚というのは大きなイベントだ。

単純に出会い、恋をして、思うままに結ばれるというような色恋ではないにせよ、気にならないはずがないのであった。

●

会食に使われる広間で、俺たちは顔を合わせることになった。

普通なら相手方は正面に来るところだが、今回は仲のよくない二国ということで、俺たちから見て、右手側に水の女神を信奉するヴァッサールのお姫さまと付き添いが、左手側に火の女神を信奉するイグニスタのお姫さまと付き添いが、それぞれに別れて着席することになった。

イグニスタのお姫さまであるフォティアが、こちらへ嬉しそうな目を向けてくる。

彼女とは何度も顔を合わせているため、知らない仲ではない。

さすがにこの場面ですぐには声をかけてこないあたり、かつてを知っている俺としては、成長したんだなぁ、と誰目線かわからないような感想を抱くのだった。

子供の頃の出会いや、その後の交流の印象が強い。元気で猪突猛進気味、明るく自由といったイメージがあったが、彼女だってお姫さまだ。

こうした場での振る舞いにも、慣れていったのだろう。

今回は、あらかじめ二国間で話がついている——というか、くじ引きで決めたらしいのだけれど。

基本的にはすべてヴァッサールが先、ということになっているらしい。だから顔合わせについても、先に挨拶をするのはヴァッサール側だ。

「お久しぶりです、ファウダー様」

端正な顔に花が咲くような微笑を浮かべながら、彼女はそう口にした。

ネロア・ヴァッサール。

つややかな金色の髪を揺らす彼女は、楚々とした正統派のお姫さま、といった容姿だ。

整った顔立ちはかわいらしさと凜々しさを兼ね備えており、好みの程度こそあれ、男女問わず目を惹くことだろう。

そんな彼女は自国内でも評判がよく、理想のお姫さま、なんて風にも言われている。

純粋に第一王女だからとか、俺と年齢が近いからという理由も大きいだろうが、ヴァッサール王国は最強のカードを切ってきた、ともとれるだろう。

社交の場で何度か挨拶くらいはしたことがあるが、こうして改めて見ても、やはりとても綺麗なお姫さまだ。

そんな彼女は、そつなく挨拶をこなしていくのだった。

穏やかで清楚な雰囲気の彼女だけれど、それでいて胸は強く存在を主張していた。

たわわに実った爆乳は、その魅力をこちらへとアピールしてくる。

こんな美女が婚約者候補というのはものすごいことで、改めて帝国の力というものを感じるのだった。

と、まずは彼女の挨拶が終わり、次にフォティアの番になる。

「ファウダー、よろしくね♪」

最初に俺へとフランクに挨拶をして、そこから正式に、次期皇帝への挨拶を始めるフォティア・イグニスタ。

赤い髪をポニーテールにしている彼女は、元気なお姫さま、といった雰囲気だ。

明るく活動的な空気でありながら、お姫さまとしての気品もちゃんと兼ね備えている。

彼女も容姿に恵まれており、笑顔を浮かべれば華やかでかわいらしく、真顔でいれば美しい、という印象だ。

フォティアも自国内で人気が高く、その飾らない姿で支持を集めている。

イグニスタ王国の第二王女である彼女は、継承権第二位でもある。

基本的に男系に限られているガルモーニャやヴァッサールとは違い、イグニスタは女性も王になる。

というより、ここ数代に限ってはずっと女性が王であり、次期王になるのもフォティアのお姉さんである第一王女の予定だ。

すでに国政にも関わり、婿も迎え入れているとはいえ、第一王女に子供はまだいない。

その状況で継承権第二位であるフォティアを嫁入りさせようとする、というのもイグニスタの本気度を伺わせる。

まったく。

どちらもそれだけ帝国の後ろ盾が欲しい、あるいは相手方にその力を示したい、ということなのだろう。

ありがたいというか、重いというか。

それはそれてとして、フォティアに関しては幼い頃から何度も顔を合わせている間柄でもあった。

父王たちには何か思惑があったのかもしれないが、幼かった俺としては、立場が近いからだろうな、とかそのくらいに思っていた交流だけれど。

無論、帝国と王国。しかも継承権の高い身分ともなればそう頻繁に会っていたわけでもないが、彼女のことは強く印象に残っている。

今でこそこうして、お姫さまとしてそつない挨拶をこなせている彼女だけれど、子供の頃はそれこそ、その元気さで正面からぶつかって来ていたからな……。

そんなこんなで挨拶を終えると、そのまま会食が行われる。

帝国内の貴族と行う会食よりもかなり豪華なものではあるが、まあ俺にとってはそう珍しいことでもなく、つつがなく進んでいく。

それよりも、これからは……彼女たちと婚約者候補として関わるということのほうが気がかりというか、心配になるところだ。

なにせ、ふたりともお姫さまであり、まごうことなき美女である。

次期皇帝である俺は、その身分もあって女遊びなどの経験があるはずもなく……これほどの美女たちと過ごすとなれば、ドキドキもしてしまうというものだ。

それというのも、この花嫁選びは両国からの提案もあって、内々には夜の営みが早くも行われる予定となっていたからだった。

●

次期皇帝であるファウダーの婚約者決めが行われる、ということが発表された直後のヴァッサールでは、誰を妃候補とするかの会議が開かれていた。

しかし適役はひとりしかいないだろう、ということですぐに決まった。

それが第一王女のネロア・ヴァッサールだ。

彼女にとっても、それはある種、当然のことだった。

王家の娘に産まれた彼女に取って、生涯で一番大きな仕事は、政略結婚で嫁ぐことだ。

生まれたときからそれが役割だとわかっていたし、そこに疑問を抱いたことはなかった。

彼女は生まれながらの貴族であり、貴族としての暮らししか知らない。

だからそれ以外の生き方を必要としなかった。

結婚は家同士のつながりを強くするためのもので、自由恋愛などというものは、フィクション中だけの存在でしかなかった。

もちろん知識としては知っているし、庶民はそういった結婚をするということも聞いていた。

けれど、ネロアは庶民ではない。

貴族として生まれ、そのメリットを享受してきた身だ。

だから、恋愛をうらやましいとは思わないようにした。

正直なところでは、憧れることもあった。物語のなかの恋愛は、女の子であるネロアにとって、憧れに足るものだ。

けれど、自分がそれをしよう、とは考えなかっただけ。

貴族であることを、自分で選んだ訳ではないけれど。

その恵まれた立場を活用しておいて、都合のいい部分だけは庶民と同じことも味わいたいと思うほどに、強欲ではなかった。

ネロア・ヴァッサールはいわゆる優等生で、素直ないい子だった。

王国の教育のたまもの、といえばそれもそうだが。

彼女はまっすぐに育ち、貴族令嬢に時折ある、度を超したわがままなどとも無縁だった。

それはもちろん、王族という最上位の存在であり、容姿にも恵まれ、頭も悪くないという、持つ者の余裕もあったのだろう。

争う対象のいない彼女は、他者を妬《ねた》んでマウントをとる必要もないからだ。

けれどそれ以上に、彼女自身が自分の立場や、あるべき姿を知っていたからだった。

姫として注目を浴びる存在。

金銭的にも地位的にも恵まれ、貴族の規範となるべき存在。

そんな恵まれた生まれにふさわしい在り方。

そうして育った彼女は、気がつけば理想のお姫さまと言われるようになっていた。

優しい笑みを浮かべ、楚々として優雅に。

利発である必要はさほどなく、むしろかわいげがあるように。

地位に驕《おご》らず、さりとて卑屈すぎず。

正しい人であるように、しかし完璧過ぎないように。

ある部分は意識して、ある部分では天然に、ネロアは模範的なお姫さまであることに努めた。

彼女にとってはそれが唯一のすべきことで、恵まれた環境に生まれたことの責任でもあったからだ。

そうして日々を積み重ねた彼女に訪れた縁談が、次期皇帝との婚約。

それは想定できる中で、最上の待遇といえた。

しかし同時に、ヴァッサールとは長らく不仲であるイグニスタも婚約者候補を送ってくる、という話だった。

ヴァッサール王族として、負けるわけにはいかない。

ネロア自身がイグニスタに思うところがあるわけではない。

彼女が生まれた頃にはもうイグニスタとの争いはなく、ただ没交渉だっただけだ。

信じている女神、その教義が違うため、食い違う部分はあるだろう。だが、それを言えば仲良くしている帝国とだって信じているものは違うし、皇帝との意見の違いはあるだろう。

ただ、遙か昔に争っていた名残と、やはり水と火という信仰への相性の悪さから、イグニスタとは友好な関係が築けていないのだった。

そしてそんな中で育ったネロアもまた、ぼんやりとだが悪いイメージを植えつけられていた。

(もちろん相手がイグニスタでなかったとしても、負けるわけにはいきません……！)

いちばん力の強い帝国の、次期皇帝の花嫁。

それは帝国、ヴァッサール、イグニスタすべての中で最高の縁談だろう。

そのチャンスが回ってきたのだ。

成功しない訳にはいかない。

ネロアはぐっと気合いを込めて、帝国の花嫁選びに臨むのだった。

「まずは、ファウダー様の好みや、人となりを知るところからですね」

なにかとウワサされる次期皇帝ファウダー。

彼については当然、今回のこと以前からみんなが注目していたし、気に入られようと情報を集めてもいたのだった。

特に今回はライバルであるイグニスタの存在もあり、国の沽券にも関わる。

単純な国益以上の問題なのだ。

それもあって、国の期待を背負うこととなったネロアは、花嫁勝負に勝つべく、様々な準備を続けてきた。もちろんそこには、女性としての魅力を思う存分発揮せねばならない項目も含まれていたのだった。

●

両国との会食を終えた後は、長旅の疲れを癒やすため、それぞれのために王宮内に用意した部屋へと移ってもらった。そこでお付きの従者達のお役目は一段落だ。

あとは俺と姫たちの問題となる。

ここでも俺はまず、ネロアと過ごすことになった。これもくじ引きの結果だろう。

お見合いらしく庭園を歩いたりもしたが、ネロアとの会話はなかなかに楽しかった。

夜には俺の部屋でくつろぐこととなり、やっとふたりきりだということで、ここからネロアの本格的なアピールが始まるようだった。

「ファウダー様」

彼女は俺のすぐ隣へと腰掛けた。

帝国の第一皇子である俺は、国内外の様々な人物と会うことも多いし、その中には貴族令嬢などの美女も多い。

彼女たちとは形式的な会話がほとんどだとはいえ、皇子だからといって、極端に若い女性との接点がないというわけではないのだ。

とはいえ、だ。

誰かと完全なふたりきりというのは、ほぼないことでもあった。

それはネロアも同じだろう。お互い立場があるからな。

普段であれば必ず護衛が側に控えている。彼らは主人たちの会話に口を挟むことはないが、視界には常に誰かがいるのが王族というものだ。

それもあって、あまり異性と近づきすぎるということもない。

しかし今は……。

身体が触れそうなほどの距離に、ネロアがいた。

彼女はこれまで目にしてきた中でも、トップクラスの美女だ。

しかも、ヴァッサールのお姫さま。

単純な影響力という点でも、帝国の上位貴族とどちらが上かと問われても悩むほどの相手。

しかしその身に纏うオーラは圧倒的で、高貴さにおいてさえ、ただの貴族と麗しいお姫さまとの差というものをはっきりと感じさせるのだった。

理想的なお姫さまとして評判が高い……というのもうなずける。

そんな彼女がすぐ横におり、彼女のほのかな体温と甘い匂いを感じられる状態……。

こうなってくると、いつも通り冷静に、とはなかなかいかないみたいだ。

もちろん、表面上は平静を装うつもりだが……。

極上の美女は、そこにいるだけでオスの本能に強く訴えかけてきている。

「ふたりきり、というのも珍しくて、なんだかドキドキしてしまいますね……」

同じ気分だったのだろう。そんな風に言いながら、こちらを見つめるネロア。

「ああ……そうだな」

そのかわいらしさに、思わず見とれてしまいそうになる。

しばらくは従者たちも寄ってはこない。このままずっとふたりだけ……。

彼女は俺の花嫁候補であり、今回の縁談においては身体の相性が重要だということを、両国ともにすでに納得している状況……。

こうして側にいるだけで、意識しないはずがなかった。

「んっ……」

彼女が小さく咳払いをして、続ける。

その顔が少し赤いように思えて、余計に妄想が膨らんでしまうのだった。

「ファウダー様は……皇帝にふさわしい、冷静なお方のようですね」

「まあ、そう言ってもらえるのは嬉しいが……」

自分では殊更《ことさら》に冷静だとも思わないが、まあ感情だけで動くタイプではないような気もする。

貴族の中にも、それこそプライドや気分で動く者は多い。

しかし、それが短期的にでも利益になっているならまだしも、むしろ首を絞めているだけ、というケースもたくさん見てきた。

それに比べれば、俺はまだ理性的であるといえるかもしれない。

まあそれも、俺自身が強い立場にあるから、というのも当然あるだろうけれどな。

黙っていても次期皇帝として周りがあがめてくれるため、わざわざ偉ぶって褒めてもらったりする必要がないというのも大きいだろう。

「わたしもどちらかといえば理性的でありたいと思う性格ですので、ファウダー様とは相性がいいと思うんです」

「なるほどな……」

ネロアの言葉に、俺はうなずく。

実際、この攻め方は悪くないと思う。

話せばわかってもらえる、納得して動いてもらえると信頼できるのは、妻として大きな魅力だ。

貴族のお嬢様たちには、プライドばかりを優先して話を聞けない者や、間違いを認められない者、考えなしに突撃するタイプも意外と多い。

相性のこと以前に、皇帝の妻ともなれば、軽率でないほうが明らかに良い。

皇帝の妻は特別な存在だ。お姫さまとしてより多くの国民に慕われることが優先だったときとは、違った対応も必要にはなる。時には厳しい態度を示すのもいいだろう。

しかし、意味もなく相手の心証を損ねて良いことなどなにもない。

その点、理性的である、というのは大きなアピールポイントだ。

こうして俺の性格を調べ、そこから考えて話を切り出してくれることにも、好感を覚える。

それからもネロアの言葉のひとつひとつが、とても理知的だった。

しっかりとアプローチをかけてきてくれていると感じる。

俺との相性も、皇帝の妻という立場としても、彼女は最適なように思えた。

けっきょくは政略結婚なのだし、隠すことなくお互いの立場への利益を前面に提示するというのは、悪くなことだ。

と、そんな風に思っていると、彼女がまた顔を赤らめてこちらを見つめる。

「そ、それと……ですね……」

「ああ……」

こうして近い距離で見つめ合うと、その綺麗な顔立ちに意識が吸い込まれそうになる。

そんな俺の内心に気づいているのかどうか……。

彼女は軽く、俺の太ももをなでてきた。

「つ、妻として……殿方に喜んでもらう方法も、しっかりと勉強してきました……」

「な、なるほどな……」

先程と同じように答える俺だが、内心はかなり違っていた。

これまでは次期皇帝としての損得の話だったので、冷静でいられたが……。

極上の美女に身体を触られながら、殿方を喜ばせる……とまで誘いをかけられて、穏やかでいられるはずがなかった。

とっくに、ふたりっきりになったときから、いつも通りではなかったしな。

「それも必要なこと、なのですよね……？」

上目遣いに尋ねてくるネロア。

この表情は反則だ。

彼女自身も、自信ありげな言葉とは裏腹に緊張しているのか、俺の身体をさする手の動きが速くなっている。

それはかわいらしくもあり、余計にこちらの心を乱してくる仕草でもあった。

もしこれすら狙い通りだとしたら、これからもずっと手玉にとられてしまいそうだ。

それも悪くない、と思わせるだけの魅力が彼女にはあるので、なかなかに困ったものだった。

「ああ、そうだな。必要だとも」

俺はうなずくと、平静をよそおいながら、彼女とベッドへと向かう。

実際のところ身体の相性というのは重要だし、子作りというのは皇帝にとってもトップクラスに大切な行為だ。

なるべく意識しすぎないよう、これは次期皇帝としての……などと心に言い訳を作りながら、ベッドに腰掛ける。

「んっ……」

そこでネロアは気合いを入れるようにして、俺を見つめた。

「そ、それでは、わたしがご奉仕させていただきますね……」

そう言いながら、彼女が俺の服へと手をかけた。

「ああ……」

俺は押されるまま、彼女に任せることにした。

彼女が、やや拙《つたな》い手つきで俺の服を脱がせていく。

「ん、しょっ……」

「ぬ、脱がせますね……」

そう言って、俺のズボンを下ろした。

人に脱がせてもらうこと自体は、皇子として普通にあることなのだが、こうしていざ性的な意味合いが加わってくると、普段とはまるで違うものだな、と感じた。

これから、美しいネロアにご奉仕される……。

それを意識して脱がされていくと、早くも期待にペニスが反応してきてしまう。

「あっ……」

下着を押し上げる膨らみに、ネロアが目を向ける。

「い、いきます……きゃっ！」

パンツまで下ろしたネロアが、飛び出してきた肉棒に声をあげた。

「あっ……こ、これが……男の人の……ファウダー様の……お、おちんちん……あぁ……すごいです……！」

彼女の目が、そそり勃つ肉棒に注がれる。

美女にまじまじと肉竿を見られるというのは、恥ずかしさと不思議な昂ぶりを俺にもたらすものだった。

ネロアも不慣れだというのが、愛らしさと同時にかえってエロさを醸《かも》し出している。

「そ、それでは失礼します……」

そう言って、彼女のしなやかな指が肉竿へと触れる。

「わっ、熱い……それに、硬くて……んっ……」

お姫さまの汚れなき手が男の肉竿を握る。

行為としては単純だが、シチュエーションの興奮もあって、不思議な快感だった。

「これを、ん、わたしが気持ちよく……あふっ……」

彼女はにぎにぎと、形を確かめるように肉棒をいじってくる。

それは淡い刺激と同時に、これまでにない昂ぶりを感じさせてくれる。

「この逞しいモノが……あぁ……」

ネロアの手がゆるゆると肉竿をしごき始めた。

女の子の柔らかな指が、控えめに肉棒を擦ってくる。

初めて味わう奉仕でに、単純な刺激以上の快感が俺に送り込まれていた。

「すごいです……ん、ガチガチのおちんちん……♥」

ネロアはぼんやりと言いながら、手を動かしてくる。

その目は興味津々といった感じで、相変わらず俺の肉棒を見つめていた。

熱い視線と手の動きに、俺は高められていく。

「ん、しょっ……こうやっておちんちんをしごいて……あぁ……すごくエッチな形です……ん、しょっ……」

彼女の指が、肉竿を刺激する。

「このでっぱったところとか……不思議な形で……」

細い指先がカリ裏を刺激して、その気持ちよさに反応してしまう。

「わっ、今、おちんちんがぴくんってしました……♥」

嬉しそうに言うネロアが俺の顔を見上げて、何かに気づいたようだった。

「そ、そうでした……。男の人は、その……こういうの、好きなんですよね……ちょっとはずかしいですけど……」

そう言いながら、彼女は自らの胸元をはだけさせる。

「おぉ……」

そこから、たゆんっと揺れながら、白く大きなおっぱいがあふれ出てきた。

「あぅ……」

服の上からでも目を引きつける、ネロアの爆乳。

誰もがつい視線を奪われながらも、しかし直接は絶対に目にできなかった、お姫さまの大きなおっぱいだ。

それが柔らかそうに揺れながら、目の前に飛び出てきたのだ。

俺はもちろん、見入ってしまう。

「あっ……おちんちん、また反応しました……恥ずかしくてドキドキしちゃいます……♥　ファウダー様が、ん、わたしの……」

彼女は照れながら、小さく身体を揺らす。

するとそのおっぱいもふよふよと揺れて、俺の意識を奪っていく。

「お、おっぱい……やっぱり気になるんですね……」

彼女は一度肉竿から手を離すと、自らの爆乳を持ち上げるようにした。

ボリューム感たっぷりの爆乳が、彼女の手からあふれながら強調されていく。

「大きすぎてちょっと困ることもあるのですが……」

そう言ってこちらを見ると、ネロアは顔を赤くしながらも、妖艶な笑みを浮かべた。

「ファウダー様が喜んでくれるなら、大きくてよかったです♪」

「ああ……すばらしいな」

その光景に、思わず曖昧な返事を返してしまう。

俺の意識はすでに、魅惑の双丘に捕らわれたままだ。

彼女そのたわわな胸をこちらへと寄せた。

「それなら、この胸を使って、ファウダー様のおちんちん、気持ちよくしていきますね……ん、えいっ♪」

「おぉ……」

柔らかな双丘が、肉竿を挟み込んだ。

「ひゃうっ、すごいです……♥　熱くて硬いのが、ん、わたしの胸を押し返してきて……これを、むにゅー♪」

彼女は胸肉を左右から締めるようにして、肉棒を圧迫してくる。

むっちりとしたおっぱいが、心地よく肉棒を刺激した。

「こうして、むにゅむにゅーっ」

彼女はそのまま、自らの胸を使って肉竿を愛撫していった。

「ん、しょっ……パイズリっていうんですよね……殿方はおっぱいが好きだから、喜ばれると学びました」

そう言いながら胸を動かしていくネロア。

清楚なお姫さまが勉強してまで、一生懸命にパイズリをしている姿というのは、ものすごく興奮するものだ。王国の夜伽教育は、だいぶ実践的なようだな。

「こうして、おちんちんを、むぎゅぎゅっ♪」

爆乳が肉棒を圧迫し、刺激してくる。

大きなおっぱいが動きにあわせて形を変える姿は、とてもいやらしくて最高だった。

挟み込まれた肉棒も気持ちがいい。

「あふっ……おっぱいに挟んでいるだけなのに、わたしもなんだか、んっ……♥」

そして彼女が、甘やかな吐息を漏らす。

それもエロく、俺を興奮させていった。

「えいっ……ん、はぁ……」

彼女はパイズリを続け、こちらを気持ちよくしてくれる。

理想の王女であるネロアのこんな姿を知っているのは自分だけだろう、という優越感が湧きあがってきた。

「あふっ、ん、はぁ……もっと激しく動く前に……えっと、滑りをよくするためには……あむっ♪」

「うぉ……！」

彼女はぱくり、と肉竿の先端を咥えた。

「んむっ、ちゅぷっ……」

お姫さまの唇が、俺のチンポをしゃぶっている。そんなことまで学んでいたとは。

おっぱいの谷間から飛び出た先端を、その高貴な唇がねぶっていた。

「じゅぷっ、ん、ちゅぷっ……こうして、濡らして……れろぉっ♥」

彼女は亀頭をしゃぶり、しばらく舐めてから口を離す。

「あぁ……♥　濡れると、なんだかすごくエッチなのですね……♥」

ネロアの唾液で光る肉棒を、彼女はうっとりと見つめた。

「こうして濡らしておくと、いいんですよね……？　それでは……えいっ♪」

唾液は根元のほうまで垂れていく。

それを見た彼女は、爆乳を上下に動かしていった。

「ん、しょっ……こうして、おちんちんをおっぱいで擦り上げて、んっ♥」

爆乳が肉棒をしごきあげる。

柔らかな双丘に包み込まれ、擦られるのはとても気持ちがいい。

にちゅ、ねちゅっといやらしい音がしていく。

「はぁ……ん、ふぅっ……」

エロい吐息を漏らしながら、覚えたてのパイズリを続けていくネロア。

その淫らな姿とおっぱいの気持ちよさに、俺はこみ上げてくるものを感じた。

「ネロア、あぁ……」

「気持ちいい、ですか？　ん、はぁっ……」

「ああ、すごくいい。だけどそろそろ……」

このままおっぱいを味わいたい気持ちもあるが、このシチュエーションと気持ちよさに、出してしまいそうになる。

「よかったです……♥　ん、わたしのお胸で、気持ちよくなってくれて……」

彼女はそう言うと、喜びを示すように、さらに胸を動かしていった。

「うぉ、ネロア……」

「あふっ、ん、はぁ……♥　胸の中で、おちんぽが♥　ん、はぁ……」

俺はそんな彼女の爆乳へと手を伸ばした。

「ひゃうっ♥　あっ、ファウダー様、んっ♥」

「おお……」

おっぱいは俺の手を受け入れて、柔らかく形を変える。

それに感動しながら、俺は手を動かしていった。

「あんっ、ファウダー様の手、ん、大きくて、あぁ……♥」

むにゅむにゅと胸を揉んでいくと、彼女の手が止まり、パイズリも一度止む。

あのまま続けられていたら、すぐに出してしまいそうだったからな。

「あっ♥　ダメです、ん、そんな風にされたら、わたし、あっ……♥」

彼女はかわいらしい声をあげながらも、抵抗せずに俺の愛撫を受け入れていた。

柔らかな双丘を、思う存分に揉んでいく。

「あぁ、ファウダー様、んっ……ご奉仕が……」

魅惑の爆乳は、いつまでも揉んでいたくなるような気持ちよさだ。

そうして俺はしばらく、彼女のたわわな果実を味わっていった。

「あふっ、ん、はぁ……」

ネロアがうっとりと、甘い吐息をもらしていく。

その表情も声も、また俺の興奮を煽ってくる。

「ファウダー様、ん、そんなに、あぁ……」

ずっと触れていたくなるような、極上のおっぱいだ。

「ん、あぁ……ふぅっ……」

柔らかなおっぱいが俺の指を受け止め、かたちを変えていく様子も素晴らしい。

指の隙間からあふれる乳肉がとてもエロい。俺はすっかり、ネロアに夢中になっていた。

「あぁ、ん、大きな手に、さわられて、ん、はぁっ……♥」

ネロアの気持ちよさそうな声と、おっぱいの感触に溺れていく。

双丘の頂点を見れば、乳首がつんと尖って主張している。

俺はその、触ってほしそうなぽっちを指でいじってみた。

「んはぁっ♥　あっ、ファウダー様、そこは、んっ♥」

「乳首、ピンと立ってるな」

「あぁ……♥　そんな、ん、ふぅっ……」

彼女は恥ずかしそうにしながらも、いじられて声を漏らす。

俺はそんな彼女の乳首を、指先で思うまま責めていく。

「あっ、そんなに、ん、つまんで、いじってはダメです……ん、あっ♥　はぁ……」

普段は楚々としたお姫さま。

先程も理性的であることをアピールしていた彼女が、感じて艶めかしい声を出しているのは、とてもそそるものがある。

しかしそのギャップは、彼女のかわいらしさをさらに引き立たせていた。

そんなネロアの変化をもっと見たくて、爆乳と敏感乳首を刺激していく。

「あっ♥　ん、ふぅっ……あぁ……ファウダー様……♥」

彼女は喘ぎながら、こちらへと身体を預けてくる。

そんなネロアに押し倒されるようなかたちになると、彼女が身体を起こそうとしたので、一度胸から手を離した。

「ファウダー様。次はわたしのここで……ファウダー様に気持ちよくなっていただきたいです……」

そう言って、彼女は残った服も脱いでいく。

「おぉ……」

その美しい裸身に、俺の視線が引きつけられた。

おっぱいが最も目立ち、魅力的な部分ではある。だが、強く主張する胸に反して細いくびれや白い肌もまぶしいものだった。

そしてなにより……。

生まれたままの姿になったネロアが、顔を赤くしながら「ここ」と言って目を向けたところ——。

彼女の、女の子の部分。

理想的なお姫さまの、秘められた割れ目。

「あふ……」

俺の視線に、恥ずかしそうに声を漏らすネロア。

その割れ目はしとやかながらも、愛液をあふれさせていた。

女の子の秘められた場所。

そこに目を奪われていると、彼女はそのまま俺へと跨がってきた。

「ん……わたくしの……おまんこご奉仕で、いっぱい気持ちよくなってください……♥」

俺はそんな彼女に見とれながらうなずいた。

ネロアは俺の肉竿をつかむと、腰を下ろしながら、自らの膣口へと肉棒を導いていく。

「んっ……♥」

くちゅり、と卑猥な音が響く。

彼女の陰裂に肉竿が触れている。初めての行為であるからか、指先が少し震えていた。

そのことに、オスの本能が昂ぶっていくのを感じる。

「んはぁ……あっ、んっ……！」

そのまま、ネロアがゆっくりと腰を下ろす。

肉棒の先端が割れ目を押し開き、その中を目指していく。

「あ……ん、いきます……」

亀頭は、すぐに抵抗を受けた。

そこであらためて宣言した彼女が、ぐっと腰を下ろすと、何かを裂くような感触の後に、ぬぷりと飲み込まれていった。

「んぁっ！　あっ、ん、くぅっ……！」

しっかりりと腰を下ろし、肉棒が蜜壺へと埋まりきる。

「うぉ……」

狭い膣穴が肉棒を咥え込み、強く締めつける。

熱い膣道はキツいものの、十分に濡れているためか、スムーズに飲み込んでいったのだった。

「あふっ……ん、はぁ……♥」

彼女は腰を下ろした姿勢のままで、俺を見下ろした。

「すごいです……ん、ファウダー様の、おちんちんが……わたしの中に……あふっ……」

破瓜の刺激を感じながら、健気《けなげ》に呟いていく。

「ん、はぁ……お腹の奥、押し広げられちゃってますね……♥」

「ああ……すごいな」

肉体で繋がったことに、不思議な感動を覚える。

子作りという行為の神聖さ、大切さと、それを塗りつぶしていくような快楽と満足感が広がっていった。

狭い処女穴が肉棒をしっかりと締めつけている。

きゅっきゅと反応するその襞《ひだ》が気持ちいい。

「ん、はぁ……ふぅっ……動きますね……ん、あぁ……」

「うぉ……」

彼女がゆっくりと腰を上げて、また下ろしてくる。

膣襞が肉棒を擦り上げると、大きな快感が襲ってきた。

「はぁ、ん、ふぅっ……」

彼女が艶めかしい吐息を漏らしながら、抜き刺しを続けていく。

「んんっ……あっ♥　ふぅ、んぁ……」

複雑な襞に肉棒をしごかれる度に、気持ちよさが押し寄せてくる。

俺は彼女にされるがまま、その快感に身を任せていた。

「ん、ふぅっ……はぁ……ファウダー様、ん、いかがですか？　わ、わたしのおまんこ、ん、気持ちいいですか？」

「もちろんだ……」

俺はネロアを見上げながら答える。

上に跨がっている彼女は、肉棒をその蜜壺に咥えこみながら、こちらを見ていた。

その顔はこちらをうかがうようなそぶりと、恥ずかしさが混じっているようで、とてもかわいらしい。

「ん、あっ、ふぅっ、んぁ……♥」

余裕がなくなってきているところも、魅力的だった。

清楚なお姫さまの、快感に緩む女の顔。

その綺麗さに、オスの欲望が刺激されていく。

「あふっ、ん、あっ……あぁ……」

それでいてやはり、身体を動かす度に大きな胸が弾むのは目を奪われる。

だんだんと大胆になってきたネロアの腰ふり。

その、細く白い身体が動くのに合わせて、ボリューム感たっぷりのおっぱいがたゆんっ、と揺れていく。

その光景は、最高にエロい。

ただでさえ大きく目を惹くおっぱいは、見上げるかたちだとより強調され、大迫力だ。

「ファウダー様の、ん、おちんぽが、わたしの中を突き上げてきて、んぅっ♥」

必死に俺の上で腰を振っていくネロア。

膣襞の擦り上げと淫らな光景に、いよいよ射精欲が増してくる。

すでにパイズリで高められていたこともあり、もう限界が近い。

「あっあっ♥　ん、はぁ、あふっ……」

そしてネロアのほうも、だんだんと高まっているのがわかった。

どうせなら彼女にももっと感じてほしい。

俺は彼女の細い腰へと手を添える。

「ん、ファウダー様、んぁ……」

彼女は俺の手が触れたところへと目を向ける。

だが、俺がしたいのはここからだ。

細い腰をつかみながら、その膣奥を目指して腰を突き上げる。

「んはぁぁぁっ♥」

肉棒をぐっと押し入れると、ネロアが嬌声をあげてのけぞった。

膣襞と肉竿がこすれあい、大きな快感を生んでいく。

「んはぁっ♥　あっ、ファウダー様、そんな、んはぁっ！」

彼女はこれまで以上に感じたような声を出して、乱れていく。

「あふっ♥　ん、はぁっ、ああっ……！」

快感のためか、腰を振るリズムも乱れていった。

そんな彼女に向けて、俺は腰を突き上げていった。

「あっ、ん、あふっ、すごいですっ、あっ♥　気持ちよすぎて、わたし、あっ♥　だめぇっ……んぁ、ああっ！」

まだセックスに不慣れな奥を責められ、強い快感に飲み込まれているようだった。

そんな様子に俺の興奮も高まり、さらに腰を送り込んでいく。

「んはぁっ！　あっ、ん、くぅっ！　だ、ダメです、わたし、感じすぎて、あっ♥　ファウダー様、ん、あぁっ……♥」

ネロアは快楽に乱れながらも、かたちだけは俺を止めようとしてくる。

俺はそんな彼女の本当の期待に応えるように、さらに腰を突き上げていった。

「んはぁぁっ♥　あっ、おちんぽ、奥まで届いて、んぁ……！　あう、見ちゃダメです、こんな姿、あっ♥　んぁ、あふっ！」

「いや、今のネロアも、エロくてすごくいいぞ」

俺がそう言うと、彼女は恥ずかしそうにした。

「あぁっ♥　こんなはしたない姿、あっ♥　お妃に……ふさわしいの……でしょうか……ん、だめっ……！　わたし、んぁ、あぅっ、ん、あぁっ！」

俺はこみ上げてくるモノを感じながら、初々しいおまんこを突き上げ、かき回していく。

「んはぁっ！　あっ、もう、だめぇっ♥　んぁ、わたし、イっちゃいます……！　恥ずかしい姿を、んぁ、ああっ♥」

快感に乱れるネロアのエロい姿。

その艶姿を見ながら、俺は欲望のまま腰を突き上げた。

「あふっ、んぁっ、あっあっあっ♥　イクッ！　あうっ、あっ、んはぁっ、イクイクッ、イックウウウウッ！」

どびゅっ！　びゅくびゅくっ、びゅるるるるっ！

彼女が嬌声をあげて絶頂する。

それにあわせて、俺も彼女の膣内に射精していった。

「んはぁぁっ♥　あっ、すごいですっ♥　わたしの中に、熱いの、あっあっ♥　いっぱい、あふっ、ん、あぁ……♥」

絶頂するおまんこが肉棒を締めあげ、精液を搾り取っていく。

そのうねりに任せて、俺は余さずに放っていった。

「んはぁっ……♥　あっ、お腹の中、すごい……ん、あふぅっ……♥」

中出し精液を受けて、彼女がうっとりと頬を緩める。

俺はそのエロい姿を、じっくりと見上げていく。妻ともなれば、毎晩でも楽しむことが出来るのだろう。それは本当に素晴らしい。

「ファウダー様の、子種なのですね……」

彼女は自らのお腹をなでた。

その仕草も妖艶で、俺は快楽の余韻に浸りながら、幸せな気分に包まれていたのだった。

●

行為を終えて衣服を整えると、俺たちは同じベッドで眠りにつくことになった。

初めての行為に疲れたのか、彼女はすぐに眠ってしまう。

「んっ……」

すぐ隣で寝ているネロアは、やはりとても美しかった。

こんなにかわいい子とセックスしたのだという満足感が、じわじわと湧き上がってくる。

愛らしい寝顔を眺めながら、俺はネロアについて考えた。

彼女は積極的に、自分と結ばれるメリットを伝えて売り込んできた。

理性的で俺の考え方にも近いし、皇帝の妻としても正解に近いものだったと思う。

それでいて、いざ身体を重ねる段になると別人のようだった。不慣れなところや、奉仕好きの性格が出ているというのも、とてもいい感じだ。

まあ、こちらは狙った訳ではないだろうが。

最初の意図を考えれば、もっと完璧なご奉仕をする場面だったのだろう。

途中で騎乗位になり、ちゃんと主導権を取り戻そうともしていたからな。

そういうかわいいところもありつつ、普段はやや打算的なところがむしろいい。

皇帝の妻として、そつなくやっていけそうだと思う。

そういった意味で、とてもポイントが高い。

ネロアなら、何かを大きく外して危ぶまれる、というようなことは起こらないだろう。

お互いへのチェックを入れつつも、慎重に婚姻関係を進めることができそうだ。

すでに盤石である今の帝国にとって、余計なことをしない、というのは大きな役割でもある。

その点について問題ないというのは、とても喜ばしい。

そんなことを考えながらも、俺はネロアの美しい寝顔を満足感とともに眺めたのだった。

翌日には、フォティアが部屋を訪れてくる。今日はいよいよ、イグニスタ王国の番だ。

「ファウダー……ふふ、なんだか、ちょっと緊張するね」

部屋に入ってきた彼女はそう言うと、そのまま俺の隣へと腰掛けた。

社交の場で挨拶を交わしただけだったネロアとは違い、フォティアに関しては幼い頃から何度も顔を合わせている間柄だ。

大人になってからは、同じく挨拶程度の付き合いになってしまうことも多かったが、こうしてゆっくり話すとなるとやはり、懐かしさが強い。

「こうやってまたファウダーと話せる機会があってよかった♪」

彼女もそう言って笑みを浮かべた。

その様子は昔と変わっていなくて、とても安心する。

「フォティアとは、ふたりだけで遊んだこともあったもんな。子供の頃だけど」

「あれね、すっごい怒られたけど」

「だな……かってに遊びに行ったし」

小さい頃も、当たり前のように大人たちが周りにいることがほとんどだった俺たちだ。

しかし、子供同士となれば相手を警戒する必要も薄い。そのため、今のような本格的な護衛騎士ではなく、危ないことをしないようにお守りする、というような役割の従者だった。

野外ならともかく、危険のない室内でなら、厳重に監視されるようなこともない。

今にしたって、要所要所に衛士はいるものの、城の中でまで護衛がべったりという訳でもないしな。情勢がもっと不安定ならともかく、このタイミングで皇帝を暗殺しようとする者は実際にはまずいないだろうし。

ともあれ、そんな今よりさらに警戒の緩い子供の頃なら、こっそりとふたりきりになることも可能だった訳で。

皇子とお姫さまといっても、まだまだ子供。

庶民の子に比べれば立場や振る舞いというものを教育されてはいたが、それにしたって限界はあるものだ。

俺たちはこっそりと、ふたりだけで城内を探検したのだった。

城には入ったことのない部屋も多かったため、自分が暮らしている場所とはいえ、城の探険も楽しいものだった。

まあ、結局はすぐに見つかり、怒られることになったのだが。

それはありふれた子供時代の思い出でもあるし、ふたりだけの珍しい体験でもあった。

と、そんな思い出話などをしていると、時間はすぐに過ぎていく。

昔話をしているのは懐かしく楽しいものだが、今の目的はそうじゃない。

彼女は花嫁候補として、ここへ来ているのだ。

「あたしね、嬉しかった」

彼女はそう言って、俺を見つめた。

その顔は幼い頃とは違い、すっかり魅力的になった女性のものだった。

当たり前だが、彼女も成長しており、もう小さな女の子ではない。

ネロアが俺と同じようなタイプだとすれば、フォティアは俺の足りない部分を補ってくれるタイプだと思う。

そういう意味では、彼女と結婚してもきっと、帝国は上手くいくだろう。

「ファウダーのお嫁さんになれるかもって聞いて」

そう言って、恥ずかしそうに笑みを浮かべる彼女。

俺はその姿に見とれてしまう。幼馴染みは、いつのまにか最高の美女へと成長していた。

そしてあらためて、ドキドキしてしまうのだった。

「だから、そういうこともちゃんと勉強してきたんだ♪」

そう言った彼女のかわいらしさに、惹かれてしまう。

そして俺たちは、どちらからともなく立ち上がり、ベッドへと向かったのだった。

「すっごくドキドキするね」

そう言いながら、彼女は俺に近づく。

「ほら、ファウダー」

フォティアは赤い顔で言うと、俺のズボンへと手をかけた。

彼女との行為や、普段とは違うシチュエーションに期待が高まっていた。

「ん、しょっ……」

そして彼女が、下着ごと俺のズボンを下ろす。

「あっ……♥　これがファウダーの……」

彼女は肉竿を見て、一瞬フリーズした。

「なんだか、不思議な感じ……つんつん……」

そして興味津々といった様子で、肉竿をつついてきた。ネロアともまた違った反応が、俺を楽しませてくれる。どちらも性教育は受けたようだが、やはり実物は初めてのようだ。

彼女の細い指先が、くすぐったいような刺激を与えてくる。

「わっ、なんかちょっと大きくなってきた？」

「ああ、そうだな……それが普通の反応だよ」

脱がされた直後はまだおとなしかったそこだが、彼女に見つめられながら刺激を受けると、期待で血が集まってくる。

「あっ、どんどん大きく……それになんだか硬く……」

「おい……あ」

彼女は指先で、にぎにぎと肉竿を刺激してくる。

硬さを確かめるその動きは、心地よい刺激だった。

「すごいね……おちんちん……こんな風になるんだ……」

彼女の目の前で、俺は完全に勃起してしまう。

フォティアはそんな肉棒を、まじまじと見つめていた。

「これ、気持ちいいってことなんだよね？」

「ああ、そうだ」

「ふふっ、そうなんだ♪」

彼女は嬉しそうに言うと、肉竿をさらにいじってくる。

「ちゃんと、あたしのこと女の子として見て、興奮してくれてるんだ？」

「もちろん……」

俺はフォティアを見ながら答える。

「フォティアはかわいいし、魅力的だしな」

俺が言うと、彼女は顔を赤くした。

「あ、ありがと……」

そして少し恥ずかしそうにして、それをごまかすように手の動きを速めてくる。

「うっ……」

「あ、ごめん、強かった？」

「いや……大丈夫だ」

これまでのおそるおそるといった感じとは違い、積極的なその動きは、正直なところ気持ちがよかった。

俺の反応でそれを感じ取った彼女が、艶やかな笑みを浮かべた。

「へぇ、このくらいがいいんだ？　それなら、えいえいっ♪」

「おぉ……！」

彼女はリズムよく肉棒をしごいていく。

女の子のしなやかな手で擦られるのは心地よく、思わず声が出てしまう。

「ん、しょっ……こうやってすると気持ちいいの？」

「ああ、いい感じだ……」

俺が認めると、彼女は笑みを浮かべた。

その表情はとても無邪気なものだったが、しているのは手コキだ。

そんなギャップが、なんだかかえってエロかった。

しかし俺の視線には気づかずに、彼女は熱心に肉棒をしごいていく。

「それじゃあ、根元のほうはこうやってしこしこしながら……れろっ♪」

「うぉっ……！」

勃起竿に顔を近づけると、ぺろりと舌を出して亀頭を舐めたのだった。

柔らかな舌が敏感なところを舐めてくる。

その感触と気持ちよさに声を出すと、フォティアは妖艶な笑みを浮かべた。

「ふふっ♪　やっぱり、こうやって舐めるの、気持ちいいんだ……？　勉強したかいがあったかな？　れろぉっ……♥」

「すごいな……フォティア」

彼女は大きく舌を伸すと、再び肉竿を舐める。やはりご奉仕の基本は、フェラとして教えられているのだろうか。

温かな舌が肉竿に触れ、気持ちよさを送り込んできた。

「れろっ……ちろっ……」

「フォティア、うっ……」

「こうやって、おちんちんの先っぽをぺろぺろと舐めて……れろっ……ちろろっ」

彼女はそう言いながら、亀頭をなめ回していく。

「れろろっ……ちろっ……ん、ふぅっ……れろぉ♥」

舌先の細かな動きと大きな舐め上げを混ぜながらの愛撫に、俺はどんどんと高められていった。

「ん、後はこうして、あむっ♪」

そして彼女は、先端をぱくりと咥えてしまう。

熱く湿った口内に包み込まれると、気持ちがいい。

「ちゅぷっ、ん、れろっ……」

さらに口内でも舌が動き、亀頭を愛撫してくる。

俺はフォティアのフェラ奉仕に身を任せていった。

「あむっ、ちゅぷっ……こうしてお口で咥えると、気持ちよくて喜んでもらえるって聞いてたけど……本当みたいだね」

「……そうだな」

「ファウダー、すごく気持ちよさそう。ちゅぱっ♥」

「うぉ……！」

彼女は嬉しそうに肉棒をしゃぶっていく。

「あむっ、じゅぷっ。ちゅっ、ぺろっ♥」

すっかり美しく成長したフォティアが、チンポをしゃぶっているのだ。

ネロアと比べても親近感があっただけに、かなりそそるものがある。

「じゅぷっ、ちゅぱっ……♥」

美女が自分の肉棒を咥えている光景そのものがエロい。その上で、それが幼い頃から知っているフォティアだというのが、背徳感のようなものをプラスしているのだろう。

「れろろっ。じゅぷっ、ん、ふぅっ……♥」

俺はその気持ちよさを受けながら、彼女の頭をなでた。

「んっ……♥　それ、結構好き……♥」

「そうか」

俺はそんな彼女の頭をなでていく。

「ちゅぷっ、ん、れろろろっ……」

彼女は嬉しそうにしながら、さらにフェラを続けていった。

「ちゅぽっ……こうやって、ん、動かして……れろっ……ファウダーのおちんぽを、ちゅぷっ……ちゅぱっ」

「あぁ……」

頭が動く度に、唇が肉棒をしごき、舌が亀頭をなめ回す。

そのご奉仕で、どんどんと高められていった。

「ん、れろっ……おちんぽの先から、何か出てきたね、ちゅぅっ♥」

「うおっ……！」

彼女はその正体を確かめるように、チンポに吸いついてくる。

気持ちよさについ声を漏らすと、フォティアはまた笑みを浮かべて、チンポをしゃぶっていった。

「ふふっ、これ、我慢汁っていうんだよね？　れろっ、ちゅぱっ！　気持ちよくなると出てくるやつ。じゅぷっ！」

「……そうだ……」

俺が言うと、彼女はさらに大胆に頭を動かし、肉竿を愛撫していった。

「じゅぽぽっ！　じゅるっ、ちゅぱっ……！」

「そんなにされると、もうっ……」

彼女の激しいフェラに、射精特が高まっていく。

「ん、ちゅぱっ。出そうなの？　いいよ……れろれろれろぉっ♥　このままあたしのお口で気持ちよくなって♪」

「く、ほんとにだすぞ……！」

すると彼女は追い込みをかけるように、激しくフェラをしていく。

「じゅぽぽっ！　ちゅぶっ、ちろろろっ！」

唇の前後運動で肉棒をしごきつつ、口内では舌で舐め回してくる。

「出して♥　ん、じゅぽっ、じゅぷっ、ちゅぅぅっ！」

「うぉ……！　フォティア、あぁ……」

「あたしのお口に、気持ちよくなった証を、じゅぽぽっ！」

連続した快感で、精液がこみ上げてくるのを感じる。

「う、もう出る……！」

「じゅぽじゅぽじゅぽっ！　じゅるるるっ、おちんぽ、張り詰めてる……♥　じゅるっ、れろれろれろっ！」

彼女は激しく肉棒を舐め回し、しゃぶり、吸いついてくる。

その大きな刺激に、俺は限界を迎えていた。

「いっぱい気持ちよくなれるように、最後はじゅぶぶっ！　レロレロレロレロレロ！　ちゅぱっ、じゅぼじゅぼっ、ちゅぅぅぅぅっ！」

「ああ！」

肉棒に吸いつかれながら、搾り取られるように射精した。

「んむっ!?　ん、んんっ、じゅるっ、ちゅぅっ！」

口内に精液を吐き出され、フォティアは驚いたような反応をしつつも、肉棒を放さずそのまま咥えこんでいる。

「んむっ、じゅるっ……んくっ……ちゅぅっ」

「フォティア、うぉ……」

それどころか、ストローのように肉棒を吸引し、精液を吸い出していった。

その気持ちよさに、俺の腰の力が抜けていく。

「んく、ん、ごっくん♪　あふっ……これが、ファウダーの精液なんだ……♥」

彼女は俺が出したものを飲み込むと、ようやく肉竿を顔から離して、満足げな笑みを浮かべた。

「なんだか、すごくえっちな気分になっちゃう……♥」

頬を赤くしながらそう言うフォティアは、ものすごくエロい。

俺はそんな彼女の姿に、出したばかりだというのに滾《たぎ》ってしまう。

「フォティア、ほら」

「んっ……」

俺は彼女を優しく抱き寄せる。

「今度はフォティアを見せてくれ」

そして、彼女の服に手をかけたのだった。

「あっ、う、うん……そうだよね……あぅ……」

楽しそうにチンポをしゃぶっていたときとは打って変わり、しおらしくなる。

どうやら責めるほうは学んできてノリノリだったものの、自分がされるほうになるのは恥ずかしいらしい。

そんなところも、彼女らしくてかわいい。

俺はフォティアの服を、ゆっくりと脱がせていく。

「あ……ん、うぅ……」

恥ずかしがるのは気にせず、胸元を大胆にはだけさせる。

すると、たゆんっと揺れながら、大きなおっぱいが現れた。

「おぉ……」

その柔らかそうな巨乳には、やはり目を奪われてしまう。

「あ、あんまり見られると、恥ずかしいよ……」

両手でおっぱいを隠そうとするので、その腕をそっとつかんだ。

「さっきは、俺のはずかしいところをさんざん見てしゃぶっていたのに」

「あぅ……そうだけど……見られるのは恥ずかしいよ」

「……そんなかわいく言われると、むしろ男は我慢できなくなるんだけどな。そういうことは、教わらなかったか？」

「あんっ♥」

恥じらうフォティアの双丘に触れる。

むにゅり、と柔らかな乳房が俺の手を受け止めた。

「あうぅっ……♥」

観念したのか、かわいらしい声で反応した。

「ファウダーの手が、あたしのおっぱいを、んっ……♥」

俺は魅惑の双丘を両手で揉んでいった。

「んんっ……ふぅっ、あぁ……」

彼女は艶めかしい吐息を漏らしながら、俺の手を受け入れている。

一生懸命にご奉仕してくれる彼女もとても好ましかったが、受け身で恥ずかしそうにしているのも素晴らしい。

そしてその甘やかな乳房の感触も、やはり最高だった。

「ファウダー、ん、あぁ……」

漏れ出る色っぽい声を聞きながら、若々しいおっぱいを堪能していく。

「あぅっ……ん、ファウダーの手、大きくて、んっ……♥」

どこまでも柔らかな巨乳を楽しんでいると、彼女のほうも感じてくれているようだった。

「あっ、ん、そんなに、あたしの胸、あっ♥ ん、ふぅっ……」

むにゅむにゅと両手で揉んでいくと、その頂点で存在を主張する突起が目についた。

「フォティア、ここ」

「んぁっ♥」

俺が指先で乳首をいじると、たまらないように嬌声をあげた。

悶えるような声に惹かれ、俺はさらに乳首をいじっていく。

「あっ♥ んんっ、ファウダー、そこ、あっ♥ だめぇっ……」

フォティアは気持ちよさそうにそう言って、身体を揺する。

その動きにあわせて胸も揺れ、俺を誘っていた。

「あっ♥ ん、あふっ」

その誘惑に乗るようにして、乳房と乳首をいじっていく。

「ああっ♥ くりくりいじるのだめぇっ……♥ んぁ、あたし、んはぁっ、あっ♥ 変な声でちゃうっ……♥」

「そのほうが、かわいいぞ」

「あっ♥ ん、あぅっ……♥」

いじらしくも堪《こら》えようとするフォティアを楽しみながら、乳房全体を愛撫していく。

「あぁっ♥ ん、あうっ、ふぁっ……」

指先できゅっと乳首を擦り、つまむ。

そうして女体を楽しんでいると、彼女の反応がどんどん高まっていくのがわかった。

「ファウダー、あっ♥ ん、はぁっ♥ あぅっ!」

淫らになっていく幼馴染みの姿に、俺の昂ぶりも増していく。

「フォティア」

俺は声をかけると、彼女の巨乳から手を離し、残る服へと手をかけた。

「んっ……♥」

それを理解した彼女は身体を軽く浮かし、脱がせやすくしてくれる。

するりと脱がせていくと、ついに最後の一枚になった。

女の子の大切なところを包む、小さな布。

「あっ……」

そこに手をかけると、彼女は恥ずかしそうに顔を赤くしつつ、こちらを見た。

その表情があまりにかわいかったので、俺の興奮をますます煽られる。

俺はついに彼女の最後の下着に手をかけ、下ろしていった。

「んっ……」

控えめに声を漏らすフォティア。

小さな布が降りていくと、彼女の秘めやかな割れ目が現れる。

まだ何者も受け入れたことのないその秘部に、そっと触れる。

「ファウダー、んんっ……」

そしてそのまま、割れ目を指で擦り上げていく。

「あぁ……そこ、んっ……」

軽く割れ目を押し広げ、あふれてきた愛液を指になじませながら、フォティアのそこを愛撫していく。

「ああっ……♥　ん、はぁ……指が、すっごくえっちだよぉ……♥」

彼女は甘えたような声で呟き、細い身体を身悶えさせる。

俺はそのまま少しだけ指を蜜壺へと侵入させ、未通の秘穴をほぐしていく。

「あぁっ、ん、はぁ……あぅっ」

密かな愛撫にも、気持ちよさそうな声を出して応えてくれる。

俺は挿入に備えてしっかりと、濡れたおまんこをいじって準備を進めていった。

「あぁっ♥　そんなにいじられたら、あたし、ん、あふっ♥」

艶めかしい声を聞かされると、俺も我慢できなくなってくる。

もうすっかりと濡れ始めた蜜壺も、きれいなピンク色の内側を覗かせながら、俺を待っているようだ。

「フォティア……いいか？」

「うん……きて……♥」

呼びかけると、彼女はこくり、と小さくうなずいた。

彼女のしおらしい様子は女性を感じさせ、俺の昂ぶりをいっそう高めていく。

たまらず彼女に覆い被さると、猛った剛直を秘密の割れ目へと近づけた。

「んぁっ……♥」

膣口と亀頭が触れあい、くちゅりといやらしい音がする。

「いくぞ……」

「んっ……♥」

俺はそのまま、ゆっくりと腰を押し進めていく。

「あぁっ……♥　ん、はぁっ……」

ちゅぷっ、と割れ目を押し広げながら進むと、すぐにぐっと抵抗を受ける。

処女膜の存在を感じながら、俺は肉竿を押し込んだ。

「んはぁっ！」

膜を裂きながら、肉棒が蜜壺へと迎え入れられる。

十分に濡れた膣道は肉棒を奥へと導き、それでいながらキツく締めつけてきた。

「んはっ……！　あっ、ん、くぅっ……！」

熱くうねる膣襞《ちつひだ》が、肉棒をしっかりと咥えこんでいる。

「あぁ……繋がった、ね……♥」

彼女は肉棒を受け入れて、嬉しそうに言った。

「ああ……ひとつになったぞ」

俺は蜜壺の締めつけを感じながら、しっかりうなずいた。

「すごい……ん、あたしの中に、ファウダーが入ってるんだ……」

彼女は肉棒を受け入れ、色っぽく声を漏らしている。

俺はしばらく、フォティアが落ち着くまでそのまま待つことにした。

「ん……はぁ。あふっ……」

じっとしている間も膣襞は細かく動き、肉棒を刺激してくる。

それだけでも十分に気持ちがよく、俺の劣情を煽っていった。

「ん、ファウダー」

「ああ……」

彼女がひと心地ついたところで、俺はゆっくりと腰を動かし始めた。

「んはぁっ♥　あっ、ん、くぅっ……」

膣襞がゾリゾリと肉棒を擦り上げてくる。

初めての膣が健気に与えてくれる愛撫に、肉竿が震える。

「あふっ、ん、ファウダー、あっ♥」

小さく声をあげた彼女も悦びを表し、恥ずかしそうに顔を赤らめていた。

その無防備で愛らしい姿は、俺の独占欲を刺激してくる。

フォティアをもっともっと、自分のものにしたくなった。

「ん、はぁっ……あたしの中、ん、はぁ……広げられちゃって……あふっ……」

まだ狭い膣道を往復すると、きゅうきゅうと締めつけてくる。

「んはぁっ♥　あっ、ん、くぅっ！」

ゆっくりと腰を動かしていく度に、柔軟な膣襞が満遍《まんべん》なく絡みついてくる。

「ファウダーが、あたしの中にいるの、わかるのっ……♥　ん、あぁ……」

「フォティア……」

俺はそんな彼女を見つめながら、腰を往復させていった。

「あっあっ♥　ん、くぅっ……」

処女穴の狭さと気持ちよさに、俺の昂ぶりは増していく。

「あふっ、ん、くぅっ！」

彼女のほうも同じようで、どんどんと声が色づき、艶めかしくなっていった。

「んあはぁっ♥　あっ、ん、あふっ、あぁっ……♥」

俺はその嬌声を聞きながら腰を振っていく。

「あふっ、ん、はぁっ……あっ、ダメ、んぁっ……そんなに、あっ♥　おまんこ、突かれたら、あっ♥　ん、くぅっ！」

「フォティア、うぁ……」

興奮しながら喘ぐ彼女。初めてのセックスにも慣れはじめているようだ。

処女のおまんこが肉棒を咥えこみ、射精をしっかりと促してくる。

おねだりの気持ちよさに、精液もせり上がってくるのを感じた。

「んはぁっ♥　あっ、すごい、んぁ、もうだめぇっ♥　あっあっあっ♥　あたし、んぁ、イクッ！んぁ、ああっ！」

「うぉ……！　さすがにすごい締めつけだ……」

昂ぶるおまんこが肉棒を抱きしめてくる。

それを振りほどくようにして突き込み、俺は腰を振り続けた。

「んはぁっ！　あっ、ああっ、もうだめっ♥　んぁっ！　あっ、イクッ！　イクイクッ！　イックウウゥウゥウッ！」

「うっ……！」

彼女は嬌声をあげながら絶頂を迎えた。

蠕動する膣襞が肉棒を刺激し続け、そのおまんこ自身も快感に震えていく。

「んはぁっ♥　あっ♥　イってるおまんこ♥　おあちんぽに突かれて、あっあっ♥」

俺はもう止まることなどできず、欲望のままハイペースに腰を振りながら、絶頂中のおまんこを犯していった。

「んはぁっ！　あっ、すごいのぉ♥　んぁ、ああっ！　おまんこイクッ！　イったばかりなのに、イクイクッ！」

「フォティア、出すぞ……！」

こみ上げてくるものを感じながら、ラストスパートで腰を打ちつけた。

「んはぁっ♥　あっあっ♥　おちんぽ、あたしのなかで、またおっきく……んぁっ♥　あっあっあっ♥　イクッ♥　イクッ！　んぁ、ああっ！」

どびゅっ！　びゅるるるるるるっ！

俺は腰を思いきり突き出すと、そのままフォティアの膣内で射精した。

「んくぅぅぅぅっ♥」

「おぉ……！」

初めての中出しを受けて、彼女はまたイったようだった。

射精する肉棒を、膣襞が思いきり絞り上げていく。

「あふっ♥　あっ、すごい、熱いのが、あたしの中に、びゅくびゅくっ♥　んぁっ！」

絞り続けるおまんこに促されるまま、俺は精液を残らず放っていった。

「あっ♥　ん、はぁ……♥」

そして余さず絞り尽くされたあとで、満足感とともに彼女の中から肉棒を引き抜いていく。

「あぁ……♥　ファウダー……んっ……♥」

まだ整わない息を弾ませながら、フォティアが俺に抱きついてきた。

性行為で火照った身体の熱さと、女の子の身体独特の柔らかさ。

俺は彼女を抱きしめ返して、そのまま横になるのだった。

「あふっ……こんなにすごいんだね……子作りって。気持ちよくて、幸せで……」

彼女は俺に抱きつきながら、うっとりと言った。

「ああ、そうだな」

俺も射精の余韻に浸りながら、抱き心地のよいフォティアを腕の中に収めるのだった。

まずは、帝国での顔合わせを終えた俺たち。

次にはそれぞれの国を俺自身が訪れることで、視察を兼ねた交流が行われることになっていた。

お姫さまたちから自国の魅力を聞きながら、実際に見聞してくるというわけだ。

これはもちろん、俺個人の結婚というだけの話ではなく、帝国がどちらとより深く関わっていくのが得策かという問題だからだ。

政治的にはそれほど重要ではないとはいえ、皇帝が妻の国を気に入らないようでは都合が悪い。

幸いに今は世情も安定しているから、帝国の未来を背負うような重大な決定というわけではない。

選択によって変わるものはあるだろうが、三国のどこにとっても致命的な問題は起こらないだろう。

そういう意味では、もっと切羽詰まった時代の皇帝たちと比べれば、遙かに楽ではある。

実際、両方の国を皇帝候補が訪れるなんてこと自体、安全な時代でないとできないだろう。

ヴァッサールとイグニスタの間は今でも没交渉だが、決してどろどろに争っているというわけでもないのだ。

考え方の違いや過去を引きずってはいるが、こうして互いの国から姫を出して、帝国を挟んでではあるが、王族や騎士たちが顔を合わせても平気な程度の関係ではある。

それはとても文化的で、素晴らしいことだと思う。

まあ、俺たちは生まれた時点ですでにその状態だったわけで、険悪な時代というものを知らないから、それが普通といえば普通なのだが。

ヴァッサール人とイグニスタ人だって、帝国領内で商人たちがはちあっても、スルーすることがほとんどだ。

だから俺も、実際に争っている場面を見ることなんてない。

今回の件ではまあ、姫やお付きの高官たちも、帝国からの印象を悪くするべきではないという事情はあるだろうがな。

外交の内容によっては最近でも、帝国を通してしか話さない……というようなことはある。

しかし、必要以上に当てこすりを行うこともなく、素直に自国側の意見を伝えてくる感じだ。

だからこの訪問にも、俺はなんの心配もしていなかった。


と、まずはヴァッサールの王都を訪れた俺たちは、さっそく案内を受けることになった。

ヴァッサールの王都は「水の国」との呼び名にふさわしく、街中にも整備された川が通っている。

豊富な水資源によって文明を発展させていったヴァッサール。

街中にはいくつも水車が建てられており、その水流を利用しているようだ。

街そのものも、全体が緩やかに傾斜しているようだな。

石造りの街路に、木製の水車が多い。

それらはよく整備されており、観光地としても見栄えが良さそうだ。

そうして緩やかに川を下った先には、大きな港がある。

大型の帆船が何隻も出入りできるような港は、大陸でもとても珍しいものだ。

「ヴァッサールは水産業も盛んで、新鮮なお魚は生でも食べられるんですよ」

ネロアは港に目を向けた俺を見て、そう言った。

「さ、魚を生で……!?」

隣のフォティアは、その言葉に驚いていた。

水資源が豊富で海に面したヴァッサールと違い、イグニスタはだいぶ内陸だからな。

海から運ぶにしても、数日以上かかるのが当然だ。

イグニスタでは、魚を生食するのは危険なのだろう。

だからフォティアが驚くのも無理はない。たとえ王族であっても、無いものは無いのだ。

イグニスタの場合、新鮮な魚といえば川魚になってしまうしな。どのみち生では食べられない。

そんな彼女の反応に、ネロアは得意げな顔になった。

元から感情が顔に出やすいフォティアもそうだが、ネロアもまた、冷静そうでいて実のところは隙が多いという印象だ。ふとしたときには、女の子らしい反応を見せることがある。

そんなところも、かわいらしい。

ともあれ。

俺たちはネロアに案内されがら、王都を巡っていく。

今は街中ということもあり、周囲には護衛ががっちりとついていた。

俺たちとってはそちらのほうが普通なので、さほど驚くようなことでもないのだけれど。

むしろ驚いているのは、街の人のほうだろう。

事前に通達があったとはいえ、三国の皇子と姫が街を出歩くのだ。

特にネロアは、この国では大人気のお姫さまだしな。

その姿をひと目見ようと、人々が遠巻きにしているのもわかる。

そんな彼らを引き連れながら、俺たちは緩やかな坂を下っていく。

傾斜にそって作られた街は、とても見栄えがいい。

王都だから、ということもあるのだろうが、ヴァッサールの技術力を窺わせるものだった。

「豊富な水資源による発展や産業もありますが、ヴァッサール最大の魅力は、なんといってもこの港です」

辿り着くなり、ネロアが誇らしそうに言った。大型船が何隻も停泊している。

帝国にも北部に港があるが、それと比べても明らかに大きい。

そして、大陸外の国々とのやりとりも、帝国以上に積極的に行っているのがこの港だった。

「元々、造船技術や操舵に関する練度も高いヴァッサールですが、そこからさらに発展させ、これだけの港を作り上げています」

そこで彼女はこちらへと向き直り、続ける。

「貿易に強いのが、我がヴァッサールです。そこに帝国の力が加われば、さらに遠くまで、さらに船を増やしての交易が可能です」

「なるほどな……」

たしかに、これだけの港だ。

余裕はありそうなので、出入りする船はまだまだ増やせるだろう。

しかし大型の船は建造にも費用がかかるし、運用にもまた人材育成と費用がかかる。

だからこそ、ヴァッサールで運用している大型船の数も限られているのだろう。

同様に、より遠くへ船を出すにも負担がかかるが、価値はある。

それによって、新たな品物や技術を取り入れられる可能性があるからな。

まだまだ、遠くの海は開拓されていない。

そこにどれほどの国があるのか、どれほどの資源があるのか。

それはロマンでもあり、すでに安定したこの大陸の国家が、次に目指すべき場所でもある。

そういう意味でも、ネロアはヴァッサールの強みを上手く帝国にアピールできているな、と思えた。

争いがなくなったことで、その反面として新しいことの少なくなってきた世界だ。

帝国が新天地を求めるというのは、悪くない選択だろう。

ネロアのさらなる説明を聞きながら、俺たちはそのまま街を見ていく。

帝国へのメリットとしてはやはり、大きな港が圧倒的だった。だが、俺個人としては整った街並み全般も、なかなかに素晴らしいものに感じた。

水車をはじめとした建造物はどれも実用的ではあるのだが、同時にある種のおしゃれさや、趣味性を感じることもできたからだ。おそらくは、建築家たちにそういった気風があるのだろう。

そんな風に楽しんで見て回りながら、街をぐるりとまわると、王城へと引き返すのだった。

●

城に戻った俺たちは、そのまま会食を行う。

ここでもヴァッサールの良さを、ということで魚を基本とした料理が出されるのだった。

一般的な煮込み料理などは帝国でも普通に食べられるものだが、豊富な海産資源を持つヴァッサールだということで、その彩りも素晴らしいものだった。

やはり、一番の目玉は刺身だろう。

帝国やイグニスタでは口にすることがない、ヴァッサールの郷土料理だといえる。

調理はシンプルながらも味わい深く、見た目も華やかなので、かなり特別感のある料理だ。

俺は十分に堪能させてもらい、ネロアにも感謝を伝えるのだった。

会食を終えた後は、それぞれに部屋で休むことになった。

ひとりになった俺は、改めてネロアについて考えてみた。

ヴァッサールの魅力や、帝国へのメリットをきっちりと伝えてきているネロア。

会食に関してもヴァッサール色を出し、それでいていきなり刺身を勧めるではなく、ある程度は俺が食べやすいだろうものから出されていた。

全体的にそつなく安定している、という印象だ。

安定しているのは、いいことだ。奇をてらう必要はない。

特に、今の帝国や王国はもう固まってきている。

そういう意味で、ネロアのそつのなさが、妃としても好感を持って受け入れられやすい土壌はあるだろう。

ネロアならそのあたりも、上手くやっていけそうである。

今回の視察においても、マイナスポイントというのが見当たらないくらいだ。

欲を言えば派手さや華やかさ、意外性というものはないが、必ずしも必要というわけではない。

……ヴァッサールに来てみての感想は、そんなところか。

俺は用意された部屋で、くつろいでいく。この部屋もまた、俺好みにセットされているようで落ち着く。

しばらく休んでいると、部屋のドアが控えめにノックされた。

そこにいたのは、ネロアだ。

「ファウダー様、ヴァッサールはいかがでしたか？」

「ああ、すごくよかったよ」

と、そんな話を挟みつつ。

彼女がここに来たのはもちろん、今日のことを振り返るためではないだろう。

自らのホームで、今度は国ではなく彼女自身の魅力を再び伝えに来た、というわけだ。

次期皇帝には国の評価を、伴侶としての俺には女の魅力を。

それは俺にとっても、望むところだ。

見つめ合う中で意思を確認し、俺たちは連れだってベッドへと向かう。

「ファウダー様……」

彼女はこちらへと視線を向けながら、自らの服を脱いでいく。

美女が脱いでいく姿というのは、とてもいいものだ。

俺はその光景を楽しんでいった。

彼女はゆっくりと、恥ずかしがるように。

それでいて俺の視線を意識して、見せつけるように。

ゆっくりと服を脱いでいく。

その、計算と羞恥が混じったストリップは、おそらくは彼女のねらいよりもエロくそそるものがあるだろう。実際に、俺の興奮は一気に高まっていた。

彼女の服がパサリと落ち、その綺麗な裸体があらわになった。

細く引き締まった腰。

緩やかに女性的な曲線を描くお尻。

すらりとした脚。

そのすべてが、誰よりも魅力的だ。

しかし、やはり俺の目を惹くのは――。

小さな動きだけでも、ぽよんっと魅惑の揺れを見せる爆乳だった。

最も女性らしい部分であり、男からするとロマンのつまった部位だ。

そんなおっぱいへの視線を感じてか、彼女はちょっと恥ずかしそうな仕草で、両手で胸を隠すようにする。

しかしそれはかえって、胸のボリュームを強調するだけだった。

むにゅり、と自らの腕に押されて、あふれだしてくる乳肉。

その光景に目を奪われる。

柔らかそうに、自在にかたちを変えていくおっぱい。

それそのものも素晴らしいのだが、自分から脱いでおいて恥ずかしがるというのも、男からすればたまらない状況だ。こんなにも可愛らしい据え膳なら、大歓迎だった。

彼女はそうして恥じらいつつも、こちらへとやって来る。

そして、次には俺の服に手をかけたのだった。

当然、そのおっぱいは解放され、たぷんっと揺れながら自由になる。

一度は俺の目から隠れ、それでいて誘惑してきたおっぱい。そのエロさが際立った。

「ファウダー様……」

「ああ、頼む」

俺は彼女に身を任せる。

彼女はまず上半身から、俺の服を脱がせていった。

「ファウダー様の身体、男の人って感じがします」

そう言って胸をなでてくるネロア。

騎士たちのように特別鍛えているというわけではないものの、最低限のたしなみとして、剣術や馬術を行ってはいる。なので、やはり女性と比べれば身体も引き締まっているのだろう。

特に胸元に関しては、胸筋とおっぱいではその差も大きい。

「ファウダー様は、こうして胸をなでていても、特に感じてはいないのですよね？」

上目遣いにこちらを見て、尋ねてくるネロア。

その顔はイタズラっぽくて魅力的だった。見下ろせばたわわな双丘も視界に入り、つい目が離せなくなってしまう。

「ああ、そうだな。少しくすぐったいくらいだ」

ネロアの胸を触るほうが、遙かに気持ちがいい。

「そこも、ちょっと不思議です」

そう言いながら、彼女は手を下へと動かしていった。

その口ぶりからするとネロアのほうは、おっぱいも敏感なのだろう。

小さいほうが感じやすいなんて話もあるが、大きい上に敏感だなんて、エロくて素晴らしいおっぱいだな。

　そんな彼女が動くと、その敏感おっぱいが揺れる。

　魅惑の双丘を見ていると、俺の欲望もムラムラと膨らんでいく。

　血が集まり、肉竿が臨戦態勢になっていった。

　そうこうしている内にも、彼女は俺のズボンを脱がしてしまう。

「ファウダー様、んっ♥」

　飛び出してきた肉竿を、赤い顔で見つめていた。

　前回の経験があるため、勃起竿が現れることはわかっていたようだ。

　落ち着いた仕草で、俺の肉竿へと手を伸ばしてくる。

「んっ……熱くて硬いおちんちん……♥」

　彼女のしなやかな手が、ゆるゆると肉棒をしごき始めた。

「あぁ……ファウダー様、んっ、しょっ……」

　細い指が肉竿に絡みつき、優しくしごいてくる。

「ふぅっ……んっ……」

　刺激そのものはそこまで大きくはないが、全裸の美女からの手コキということで、興奮は高まる一方だった。

「んんっ……」

　彼女はそのまま指を動かし、こちらの様子を窺う。

俺は上目遣いの挑発的な顔と、手コキに合わせて揺れるおっぱいを同時に見つめていた。

「ファウダー様……んっ、やっぱり、わたしのここ、気になりますか？」

そう言いながら、彼女は片手で自らの胸を持ち上げて見せた。

ボリューム感たっぷりのおっぱいがフォルムを変えながら、アピールしてくる。

「ああ、とてもな」

その光景に見入りながら、俺は素直にうなずいた。

「ふふっ、気に入ってもらえて、嬉しいです♪」

微笑んで肉竿から手を離すと、両手でバストを持ち上げ、さらにアピールしてくる。

「ファウダー様の、逞《たくま》しいおちんぽへ……♥　また、わたしの胸でご奉仕させていただきますね……

こうして、えいっ♪」

「おうっ……」

彼女の爆乳が、肉竿を挟み込んだ。

むにゅーっと左右から、柔らかおっぱいが迫ってくる。

その気持ちよさを感じていると、彼女はぐにゅぐにゅと両側からおっぱいを押しつけてきた。

「ん、しょっ……ふぅっ……」

「あぁ……」

柔らかな肉の気持ちよさに、思わず声が漏れる。

おっぱいに包まれるというのは、やはり満足度の高いものだった。

「このままおっぱいで、むぎゅー♪」

彼女の乳圧が肉竿を刺激する。

こうなればもう任せたほうがいい。ただただ、快感にひたっていくのだった。

「むにゅむにゅっ、ぎゅっー」

彼女が爆乳を使って、肉竿への愛撫を行ってくれる。

「こうやっておちんぽを挟み込んでいると、んっ……硬いのが内側からおっぱいを押してきて、ん、はぁっ……」

彼女は両手で乳房を押し、肉竿の形を確かめるかのように動かしてくる。

その柔らかな刺激が気持ちいい。

「ん、しょ……谷間からおちんちんが顔を出すのって、すごくえっちですね……♥　れろっ」

「うぉ……」

ネロアは舌で肉竿を舐めてくる。

気持ちよさに腰が震えると、ネロはぐっと身をかがめて先端を咥え込んだ。

「ん、むっ、ちゅぱっ……♥」

「あぁ……いいぞ」

唇がカリまでを咥えて、軽く吸いついてくる。

「んむっ、ちゅっ、れろっ……」

そして舌先は、亀頭を丹念になめ回してきた。

「れろろおっ……ちろっ、ちゅっ♥」

快感につい弱気な声を漏らすと、彼女は妖艶な笑みを浮かべた。

「これが気持ちいいんですね……ちゅぷっ、れろっ、ちゅぱっ♥」

「ネロア……くっ」

「ああ……そうだ」

彼女は肉竿の先端に吸いつき、そこを執拗に刺激してくる。

根元のほうは、おっぱいに包まれたままだ。

「ちゅぷっ……れろっ、ちろっ……」

上下別々の刺激にさらされ、興奮が高まっていく。

「ん、むぎゅー♪　れろっ、ちゅぱっ……♥」

爆乳の乳圧と、口内の気持ちよさ。

俺は最高の快感に身を委ねていた。

「ん、ちゅっ……あぁ……先っぽから、ん、お汁が出てきました……♥」

「あぁ、うっ……そろそろな」

するとその我慢汁を舐め取るかのように、ぺろりと鈴口を舐める。

あまりの気持ちよさに、ますます我慢汁があふれ出してしまった。

「ん、ちゅぽっ……♥　おちんぽ、もう準備ばっちりみたいですね……」

ネロアはチンポから口を離してそう言うと、身体を起こす。

爆乳がにゅぷっと肉竿をしごき上げてから、そっと離れていった。

「んっ……はぁ♥」

そうして身を起こした彼女は、自らの割れ目へと手を伸ばした。

「あっ♥　んっ……わたしのここも、ん、もう準備ができています……。ファウダー様のおちんぽを挟んで、舐めているだけで、ん、濡れてしまいました……」

そう言って彼女は、濡れたおまんこを見せてくるのだった。

ストレートな美女の誘いに俺の本能も刺激され、肉棒が滾る。

「ファウダー様、ん、失礼します……」

彼女はしなだれかかると、そのまま俺に覆い被さってくる。

「逞しいおちんぽを……♥　ん、わたしの中に、あふっ……」

身体を倒しながら、肉竿を自らの膣口の位置へと導いていく。

「あっ♥　ん、くぅっ……！」

ちゅくっ、と蜜壺が卑猥な音を立てて、肉竿にキスをした。

「あふっ、ん、はぁっ……」

そのまま、彼女はおまんこに肉棒を受け入れていく。

「んぁ、あふっ……」

ぬぷっ、じゅぶっ……と肉竿が膣内に包み込まれていった。

「あぁ、ん、くぅっ……」

まだまだ男を受け入れ慣れておらず、狭いままの膣道が、肉棒を気持ちよく締めつけてくる。

「あぁ、ん、あふっ……ファウダー様のおちんぽ、入ってきました」

「ああ、すばらしいぞ」

熱い膣襞《ちつひだ》の歓待を受けながら、俺はうなずいた。

「ん、あぁ……すっごいです、わたしの中を、ん、はぁっ……♥」

うねる膣襞に刺激され、入れているだけで融けるように気持ちがいい。

「あふっ……ん、はぁ……」

ネロアはそのまま、俺に抱きつくようにしてくる。

心地よい美女の重みと、胸板に押しつけられる柔らかなおっぱいの感触。

そして、反応してわずかな硬さを持ち始めた乳首。

「んぁ……♥」

その敏感乳首がこすれたのか、彼女が小さく声を漏らし、おまんこもきゅっと反応した。

「あふっ……ん、はぁ……」

そしてネロアはゆっくりと腰を動かし始める。

「あっ、ん、はぁっ……」

膣襞が肉棒を擦り上げる。

純粋な気持ちよさと、王国一の美女としているのだという優越感が俺の心を満たしていく。

「あっ♥　ん、はぁ……逞しいおちんぽが、んっ♥　わたしの中を、擦って、んぁっ、ふぅっ♥」

甘い声をあげながら、腰を動かしていくネロア。

俺はそんな彼女を軽く抱きしめるようにした。

「あふっ、ファウダー様、んっ……♥」

彼女は色っぽい声を出して、また腰を往復させていく。

ぬぷっ、じゅぷっ……と卑猥な音を立てながら、互いの性器を擦り合わせていった。

「あっ♥ ん、はぁっ……ふぅっ、んはぁっ……♥」

美しいネロアが俺の上で、淫らに腰を振っている。

前回の騎乗位とは違い、上半身も密着しているため、より彼女を感じることができた。

「あっ、ん、はぁっ、あふっ……♥」

ネロアはエロい吐息を漏らしながら俺を楽しませ、腰を振っていく。

「あふっ、ん、はぁっ……あぁ……」

蠕動する膣襞が肉棒を擦り上げ、快楽を送り込んできていた。

「ん、はあっ。あっ、んくぅっ……！」

俺はその刺激を受け止めていく。

元々、パイズリフェラで寸止め状態だったこともあり、あまり長くは持ちそうにない。

「あんっ♥ あっ、ん、はぁっ……ファウダー様、ん、くぅっ……！」

その気配を感じ取っているのか、おまんこはきゅうきゅうと締めつけ、肉棒におねだりをしてくるかのようだ。

「あっ♥　ん、はぁっ。ファウダー様の、子種汁、んぁっ♥　わたしの中に、あっ♥　いっぱい、出してくださいっ……！」

「ああ……出してやるぞ、存分にな！」

すると彼女は腰をペースを速め、ピストンを激しくする。

「あっ♥　ん、はぁっ、あふっ、んくぅっ！」

蠢動する膣襞も肉棒に絡みつき、精液を絞りだそうとしているようだ。

「んあっ♥　ん、はぁっ、あぅっ……！」

その膣肉奉仕の気持ちよさに、俺の限界が近づいてきた。

「あっあっ♥　ん、はぁっ、きてくださいっ、ん、あふっ、わたしの中に、あっ♥　いっぱい、出してっ……！」

「ネロア、でるっ……！」

「んはぁ！　あっあっあっ♥　おちんぽ、おちんぽ気持ちよくて、あっ、ん、くぅっ！　あふっ、あっあっ、んくぅっ！」

「う、ああ……！」

どびゅっ！　びゅるるるっ！

俺は彼女の中で射精した。

「イクウゥウゥウッ！　あっ、ん、はあぁぁぁっ♥」

そして中出しを受けて、彼女も絶頂を迎えた。

「んはぁっ♥　あぁ、子種汁っ♥　熱いの、びゅくびゅくでてますっ♥　わたしの中に、あっ、ん、はぁっ！」

彼女は震えるような声を上げ、快楽に浸っている。

「あぁ……」

その最中も、膣襞は肉棒を締め上げ続け、俺から精液を搾り取っていった。

「あっ……♥　ん、はぁっ……はぁ……」

やがて腰も穏やかに止まり、快楽の余韻をお互いに楽しむ。

「ネロア……」

「あぅっ……ファウダー様……」

彼女はしっかりと精液を受け止め切ると、腰を持ち上げた。

「ファウダー様の子種、受け取らせていただきました……♥」

とろけた顔で言う彼女はとてもエロく、最高だ。

俺は射精後の心地よい疲労感に浸りながら、そのまま彼女と横になったのだった。

●

目が覚めた俺は、窓から街を眺めた。

海へと美しく下ってゆく、緩やかな傾斜の街並み。

白くうっすらと霧が立ちこめる街は、帝国とは違う顔をしている。

水車は涼しげに回転し、エネルギーを生み出していた。

ここまでは音が届かないが、人々の営み、その気配を感じる。

見慣れない街の景色。

それは新鮮さと同時に、どことなく開放感を運んでくる。

帝国ではない場所。

次期皇帝として生まれ、そのように育てられてきた。

それは幸運でこそあれ、不幸だと思ったことなどない。

平和な世界で、食うに困る人というのはあまりいないものだが、それにしても城と同じような暮らしが行えるわけではない。

飢えはしない、ということと、余裕を持って生きていけるということはイコールではないし。

もちろん、飢えないことは幸福だ。

殺し殺されないことは幸福だ。

俺が生まれる前の歴史を見れば、そう思える。

この時代、この国に生まれただけで十分に恵まれていて、そこに異論の余地はない。

喉元過ぎればとか、隣の芝生はとか、認識のゆがみは多々あろうが、それはただの感情論だ。

ともあれ。

そうして幸福に包まれながらも、幸運であるからこそその息苦しさを感じることもある。

もし生きるだけでも必死な状況であれば、考える余裕もないようなことだがな。

「ファウダー様？」

後ろから声がかかる。ネロアも目が覚めたみたいだ。

「おはよう」

「おはようございます」

俺は振り向いて、彼女に声をかけた。

彼女は薄いシーツで身体を隠している。

夜、淡い月明かりで見るのもすばらしかったが、こうして日の当たる場所で目にするというのも違った趣がある。

彼女が服を身につける姿を眺める。

その様子は何気ないものでありながら、どこか色っぽい。

彼女自身が美女だからなのだろうか。

見とれているうちに彼女は衣服を全て身につけ、俺へと笑みを浮かべた。

帝国ではない場所で迎える、平和な朝だった。

●

「ねえねえファウダー、高いところから見てみようよ！」

そう言って、フォティアが俺の腕にぎゅっと抱きついてくる。

当然、その大きな胸が俺の腕に当てられて気持ちがいい。

それにしても……。

彼女からすればライバル国にあたるヴァッサールだというのに、ずいぶんと元気だな。

まあ、苦手意識で沈みっぱなしになるよりもずっと彼女らしくていいが。

彼女の護衛たちはさすがにちょっとそわそわしているものの、ヴァッサール側はむしろ、自国の姿にはしゃぐ相手国のお姫さまに優越感を覚えているようだし。

まあ、自分の国を褒められて気を悪くすることもないだろうし、そういうものなのかもしれないが。

そんな訳で彼女に請《こ》われるまま、俺たちは街の端のほう、高い位置へと移動していった。

傾斜そのものは緩やかではあるものの、王都ということもあって広く、かなりの距離だ。

そのぶん、街の端まで行くとかなり登ることになる。そこからは、港はだいぶ低い位置だ。

そこには監視用の櫓《やぐら》もあったため、ずいぶんな高低差があり、良い眺めだった。

「こうして眺めると、きれいだな」

町並み自体が整っているのに加え、高いところからこれほど一望できるというのも珍しい。

もちろん多くの城は高台にあり、自国の街を見下ろすことができる。

だがこの大陸では、城は基本的に、街の中央付近にあるものだ。

森を背にし、山側に建っている城もあるが、だいたいは地方領主の城で、王都などではまず見かけない。平和な時代ならではとも言えるだろう。

そうなると城の窓から見えるのは、街の半分程度だ。

けれどこの櫓からは、街の全体が見える。

それはなかなかに新鮮な光景だった。

「この景色も、我が国の魅力の一つです」

「ああ、そうだろうな。素晴らしいよ」

川を利用する、というところから発展してきた建築なのだろうが、それはそれで帝国にはなじみのない技術だ。

整っているところを見るに、自然の川をそのまま利用したのではなく、街を作るのに合わせて流れを整理したのだろう。

帝国ではあまり考えられない方法だが、それを利用できれば、発展させられる土地もあるかもしれない。

「わぁ、すごいね……」

そんな景色を見つつ、フォティアが俺に抱きついてくる。

初めての訪問先、それもライバル国ということで不安なのか、あるいは単に久々に再会し、縁談という大義名分もあって自由だからなのか、フォティアのスキンシップが増えていた。

思い返せば、元々そういうタイプだった気もする。

ここ数年は互いに、年頃の皇子と姫ということで身体が触れあうような距離が許されなかったというだけで。

「理屈はともかく、この景色はきれいだね」

「俺も気に入ったよ」

そんな彼女にうなずく。

帝国にとっての理屈もそれなり大切だとは思うが、それを差し引いてもこの景色は珍しく、純粋に心惹かれるものだった。

「フォティアさん……」

そんな彼女に、ネロアが小さく声をかける。

「うん？」

その囁《ささや》きに、フォティアは意外そうに振り向いた。

護衛たちはやや離れたところに控えている。多少の会話ならば、怪しまれはしないだろう。

「あ、あまりそうして人目をはばからず身体を押しつけるのはどうかと思います。……その、王族として品性が……」

「うーん……」

しかしそんなネロアの言葉に、フォティアは首をかしげる。

「ネロアはさ」

彼女はじっとネロアを見ながら言った。

「国としてのことや、ヴァッサールとガルモーニャのことばかり語るけどさ……それはそれとして、ネロア自身はどうなの？」

「わたし自身、ですか……？」

「そう」

フォティアはうなずいて続けた。

「確かに結婚は家と家——この場合、国と国との関係に影響するから、それも大切だけどさ。これはファウダーのお嫁さんを決めるって話なんだよ？　ネロアの言葉にはいつも、ファウダーがいない。ただ、国の話をしてるだけ」

フォティアはネロアに向けて続けた。

「国のことしか考えない人と一緒にいて、ファウダーが幸せだと思う？」

「それは——」

「目の前の人をちゃんと見ないようなことで、国のことを良くできるの？　あなたが「国」としてひと括りにしているお話の中でも、みんなそれぞれ、ひとりの人間として生きてるんだよ」

「——……」

フォティアの言葉に、ネロアは上手く切り返せないままだった。

●

と、そんな一幕もあったものの、大きなトラブルもなく視察は進んでいく。

フォティアの言葉も悪意からのものではないし、やや不器用なきらいはあるものの、一緒にいた俺からすればわからないものでもなかった。

まあネロアにとってどうだったか、というのは俺にはわからないところだ。だが、今は妃の選別中であり、立場が立場だということもあるから、俺が間に入るのも良くないだろう。

そもそもが、俺についての話から転がっているわけだし。

と、そんなことを考えていると、ネロアが部屋を訪ねてきた。

「ファウダー様、お時間よろしいですか？」

「ああ、もちろん」

俺はうなずいて彼女を迎え入れる。この視察旅行は、もちろん彼女たちとの時間を最優先にしている。遠慮はいらない。

ネロアは椅子に腰掛けると、ぽつり、と話し始めた。

「昼間のことなのですが……」

「ああ、わかるよ」

「たしかにわたしは国のことばかり話していましたが、決してファウダー様を軽んじているというわけではなくて……」

彼女はあの場ではうまくできなかった自分の気持ちの整理を、俺の前で行っていった。

要約すれば、ひとりの女性として、俺のことをとても好ましく思っている、というような内容だ。

まあ、それも割と理性でまとめられた言葉だったので、フォティアが求めていたようなこととは違う気もするが……。

そもそも、ネロアのこれまでのアピールを、俺は悪いことだと思っていない。

俺自身がそういうタイプなのだというのも、彼女なら分かってくれているはずだろう。

基本的に俺たちは似ている。

そういう部分が近いからこそ、上手くやっていけそうだという感覚だったのだし。

フォティアの今の気持ちはともかく、俺からの心証という点で見れば、このフォローは必要のないものだと思う。フォティアの言葉に、影響を受けすぎている。

むしろ、もし俺が冷徹な男だったなら、これでは評価を下げかねない。

あれほど落ち着いていたネロアにしては、意外なほど感情に動かされている。

自惚れかもしれないが、フォティアと俺の親しさに、それだけ嫉妬してくれたのだろうか？

俺はネロアほどには生真面目ではない。

帝国の皇子として冷静ぶっているだけで、別にそこまで合理的な性格でもない俺からすると、そんなネロアの心境もかわいらしく感じられるので、色恋としてはある意味大正解という気もするな。

「なるほどな……」

彼女は国の代表として、いつでも完璧だった、しかし、常にそう振る舞ってはいるものの、ふとしたときには隙も多くなり、かわいらしい表情を見せてくれる。それは大いにプラス評価だ。

今日の件がそこまで気になるなら、彼女のお姫さまとしてではない部分を、もっと引き出してみることにしよう。

これまではずっと、ネロアからのご奉仕に受け身をとることが多かった。だが、今夜はこちらから積極的に責めてみようと思うのだった。

そんな俺の企みを知らぬまま、ネロアはベッドへと向かったのだった。

「ネロア……」

「あっ♥　ファウダー様、んっ……」

彼女の服に手をかけると、ネロアは小さく身をよじった。

「ほら……」

恥ずかしがりはしたものの、それ以上の抵抗はない。

俺はそんな彼女の服をはだけさせていく。

「んっ……♥」

上半身を露出させると、たゆんっと大きなおっぱいが揺れながら現れた。

俺はそんな爆乳へと両手を伸していく。

「ん、あふっ……♥」

触れられた彼女は小さく声をあげる。

柔らかくボリューム感たっぷりの乳房に手を沈ませ、しっかりと揉んでいく。

「あんっ、今日はなんだか、積極的なのですね……んんっ♥」

「ああ。これまではネロアに任せていたからな」

美女にご奉仕されるというのもいいものだし、それはそれで好きだが、反対に美女を好きにまさぐるというのも、男として心をくすぐられるものがある。

「ん、あぁ……」

むにゅむにゅと爆乳を揉んでいくと、ネロアがかわいらしい吐息をもらす。

「ファウダー様、ん、ふぅっ……」

心地よい声を耳にしながら、柔らかな感触を堪能していく。

指の隙間から乳肉があふれる姿もいやらしくて最高だ。

「あぁ、ん、あふっ……そんなに、んぁ、触られると、あぁ……」

「いい声だな……」

「やん、そんな、ん、あふっ……」

彼女は恥ずかしそうに顔を赤くして感じていく。

その姿は俺の興奮を煽り、さらに胸への愛撫を行っていった。

「あっ、わたし、ん、ふぅっ……♥」

彼女は控えめな淫声をあげながら、視線をそらした。

その表情は感じてきているようで、俺はそんな彼女のおっぱいをさらに責めていく。

「乳首も立ってきてるな」

「あっ♥　や、ダメです、そんな、ん、はぁ……」

爆乳の頂点でつんととがる乳首を指先でいじっていく。

「あっ、ふぅっ、ん、はぁっ……」

俺は欲望のまま、敏感乳首を責めていった。

「んはぁっ♥　あ、ファウダー様の指が、ん、ふぅっ……」

彼女はだんだんと高まっているようだった。

俺はその様子を見ながら、愛撫を続けていく。姫としての仮面を外すには、もっと快感が必要だ。

「あふっ、ん、あぁ……そんなに、あっ♥　おっぱいばかりいじられると、わたし、ん、あぁっ、あんっ♥」

彼女は嬌声をあげて、うるんだ目で俺を見上げた。

「ファウダー様、ん、はぁっ……♥」

淫らになる彼女の姿に、俺も耐えられなくなってくる。

いつまでも揉んでいたい乳房だが、それだけでは先には進めない。

「ネロア、こっちも脱がすぞ」

「んっ♥　はい……あぅっ……」

俺は身体をずらし、衣服をまくり上げる。

そして、女の子の大切な場所を守る小さな布をずらしていった。

「んっ……♥」

彼女のそこは、もう潤みを帯びている。

胸への愛撫で感じてくれたのだと思うと、それもまたそそる。

俺はそんな割れ目を指先でなぞった。

「ん、あふっ♥」

ネロアはすぐに、その刺激に喘いだ。

俺は割れ目を指先でなでつつ、軽く押し開く。

「んぁっ♥　あっ、ファウダー様、あっ♥　恥ずかし、ん、くぅっ……♥」

くぱぁと開かれた秘裂。

ピンク色の内側が、早くもひくついているのがわかる。

そして割れ目の頂点では、ぷっくりとしたクリトリスが俺を誘っていた。

まずは、そのあふれ出る愛液で指先を濡らしていく。

「ん、あぁっ♥　あうっ……」

くちゅくちゅとおまんこをいじると、羞恥と快感でネロアが声をもらしていった。

「んっ……あっ、んはぁっ……♥」

彼女のそこからは、どんどんといやらしい蜜があふれてきている。

「あっ♥　ん、はぁ……♥」

これまでは彼女のほうが積極的にご奉仕をしてくれていたが、こうして受け身に回ると弱く、そんなところもかわいらしい。

計算高いようでいて、その実、弱点の多い女性というのは、ある意味ずるい魅力だ。

「あぁ、ファウダー様、わたし、ん、はぁっ……♥　指、ん、あぅっ、だめです、そんな……ん、あっ、あぁっ♥」

彼女のしおらしい姿に、俺の欲望が膨らんでいく。

さて……ここからは。

俺は愛液で湿った指先を、そのクリトリスへと向けた。

わずかに顔を見せ始めているそこの、包皮を優しくずらしていく。

「あっ♥　ん、くぅっ！」

そしてその敏感な真珠に触れると、彼女がぴくんっと反応した。

「そこ、ん、あぁっ♥　だめ、んはぁっ！」

「かなり敏感みたいだな」

クリトリスをいじると、わかりやすく反応してくれる。

俺はそんな敏感な淫芽を、まずは丁寧にいじっていった。

「あっあっ♥　わたし、ん、はぁっ、あうぅっ！」

彼女は身体を揺らしながら感じている。

「あぁっ♥　そこ、んぁ、クリトリス、だめですっ♥　あっ、ん、はぁっ……！」

「気持ちよさそうに見えるけどな」

俺が意地悪に言うと、ネロアは嬌声まじりに答えた。

「んはーっ♥　あっ、ああっ……気持ち、んぁっ♥　いいですけど、あっ♥　だからダメなんですっ！　わたし、んはぁっ！」

彼女は快感に乱れながらも言葉を続けた。

「ファウダー様に、あっ♥　はしたないとこ、見られちゃっ、んはぁっ！」

「俺はむしろ、エロいネロアの姿を見たいんだけどな」

言いながら、クリトリスへの愛撫を続ける。

「んはぁっ♥　あっ、だめぇっ……♥　こんな姿、んぁっ♥　あっあっ♥　イクッ！　ん、はぁっ、あふっ♥」

彼女はどんどんと昂ぶり、快感に乱れていった。

どこまで乱れても、あくまでもかわいらしいその姿を楽しみつつ、片手でクリトリスをいじり、もう片方の手で蜜壺を刺激していく。

「んぁっ♥　あっ、だめですっ♥　もう、んぁっ♥　あっあっ♥　イっちゃいますっ、んぁ、あぁっ、んくぅっ！」

俺は両手を動かして、追い込みをかけていった。

「んはぁっ♥　あっあっあっ♥　だめ、イクッ！　んはぁっ♥　イクイクッ！　んぁ、あぁ、イクウゥウゥウゥッ！」

嬌声をあげながら、ネロアが派手にイった。

「あっ♥　ん、はぁっ……あぁ……♥」

快感の余韻で、ぼーっとしているようだ。

冷静なときとは違う、乱れた女の姿はとても色っぽい。

指だけでのこれほどになった彼女を見ていると、俺も滾ってしまう。

「あふっ……ん、ファウダー様……♥」

彼女はうっとりと俺を見つめ、その視線を股間へと下ろした。

「ファウダー様のそこ、すっごく大きくなっていますね……♥」

「ああ。ネロアのエロい姿を見ていたからな」

「あぅっ……♥」

彼女は恥ずかしそうにしつつ、身を起こした。

「んっ……次はわたしが……」

そうしていつものようにご奉仕をしようとする彼女だったが、今日はもっと彼女を責めて、俺が喘がせたい。

「ネロア、四つん這いになってくれ」

「え……？　はい……んっ♥」

彼女は素直にうなずくと、言われるままに四つん這いになる。

布をまくり上げると、きれいな丸みを帯びたお尻と、先程イったばかりでまだひくついているおまんこが見える。

愛液をしとどにあふれさせる、その割れ目。

俺は服を脱ぎ捨てると、彼女の腰をつかみ、剛直を膣口へとあてがった。

「んぁっ……♥　ファウダー様の硬いの、ん、わたしのアソコに、くっついてます……♥」

「ああ。このままいくぞ」

「はいっ……ん、あぁっ♥」

腰を進めると、ぬぷり、と肉棒が咥えこまれる。

「んくぅっ……♥　あぁ……大きいのが、ん、中に、あふっ……」

「いい締めつけだ」

「あぅっ……♥　は、恥ずかしいです……」

言いつつも尻を上げる彼女に、ぐっと挿入する。

膣襞《ちつひだ》が肉棒に絡みつき、きゅうきゅうと締めつけてきた。

「あふっ、中をっ……♥　ん、太いのが、いっぱい押し広げてきて、ああっ……！」

濡れたおまんこが肉竿を刺激し、俺を求めてくれているようだった。

そんな彼女の中を、ゆっくりと往復していく。

「んはぁっ♥　あっ、ん、ふぅっ……」

最初はかわいい声を出し、感じていくネロア。これが淫らになっていくのがたまらない。

「この格好、ん、あぁっ……♥　お顔が見えない分、ファウダー様のおちんぽを、あっ♥　いっぱい、ん、くぅっ……！」

「うっ……すごいぞ、ネロア」

吸いついてくる膣襞に、思わず声が漏れてしまう。

「あぁっ……ん、ふぅっ……あんっ♥」

俺はそんな彼女の中を往復していく。

「んはぁっ、あっ♥　ん、ファウダー様、んぁっ……」

俺のピストンにあわせて丸いお尻を揺らしながら、ネロアが嬌声をあげていった。

「んぅっ、あっ、中、あんっ、んはぁっ！」

徐々にペースを上げて腰を振っていく。

「あふっ、ん、あぁっ！　あんっ、んぅっ！」

膣襞を擦り上げながら、その中をぐいぐいかき回していく。

うねる膣道が肉棒に絡みつき、快感をさらに高めていった。

「あぁ、ん、はぁっ、あふっ！　ファウダー様、んぁっ♥」

速度が上がるのにあわせ、彼女の声も高まっていった。

「ああっ♥　そんなに、ん、ふぅっ、おまんこ、気持ちよくしていただいたら、んあっ！」

バックで突かれているネロアは、いつもの余裕もなく喘ぎ声をあげる。

「んはぁ、あっ♥　ん、くぅっ！」

その姿は妖艶で、俺の腰ふりにも勢いがついていく。

「あふっ、ファウダー様、んぁ、ああっ……♥」

「う、ネロア……！」

蠕動する膣襞に擦り上げられ、俺の限界も近づいてきたようだ。

さらにスピードを上げ、熱くほぐれるおまんこをかき回していった。

「んはぁっ！　あっ、あぁ！　ファウダー様、んくぅっ♥　あっあっ、そんなに、おまんこの奥まで突かれたら、あっあっ♥　また、ん、イっちゃいますっ♥」

「ああ、好きにイっていいぞ。感じてる姿、見せてくれ」

「んはぁっ！　あ、あああぁ♥」

突かれながらも甘い嬌声をあげていくネロア。

「んはぁっ、あっ、ああっ♥　イクッ！　わたし、イっちゃいますっ♥　ファウダー様のおちんぽに、んぁっ♥　おまんこをかわいがられて、あっあっあっ♥」

「う、俺もそろそろだ……」

蠢動する膣襞に絞り上げられ、射精感が膨らんでいく。

俺はその昂ぶりのまま、腰を振っていった。

「んはぁっ♥　あっ、ん、あっあっ♥　イクッ！　んはぁっ♥　あふっ、イクイクッ！　イックウウウウッ！」

嬌声をあげながら、彼女が絶頂する。

膣肉がきゅっと締まり、肉棒を痛いぐらいに締め上げた。

その瞬間、背筋に走った刺激で俺も耐えきれなくなり、ぐっと腰を突き出すと、そのまま彼女の最奥に射精した。

「んはぁぁぁっ♥　あっ、ああっ♥　熱いの、んぅっ、イってるおまんこにいっぱい、んくぅ、ん

「はあぁぁぁっ！」

中出し精液を受けて、彼女が連続イキする。

「うぉ……おおおっ」

射精中の肉棒を、膣襞がしっかりと締め上げていった。

「あふっ、ん、おちんぽ、跳ねながら射精して、んはぁっ♥」

おまんこのさらなるおねだりに応えるように、俺は精液をしっかりと注ぎ込んでいった。

「あふっ……ファウダー様、あぁ……♥」

彼女はうっとりと息を吐いて、脱力していった。

名残惜しいが、萎え始める前に数度ピストンすると、俺も射精を終える。

こんなにも美しい肉体に注ぎ込むのは、最高の快感だった。

魅惑のお尻から肉棒をずるっと引き抜くと、ネロアはベッドへと倒れ込んだ。

連続イキで体力を使い果たした彼女の、無防備な姿。

いつもよりは、ネロアの心を開かせられただろうか。

俺は満足げに微笑むネロアと、しばらくは見つめあっていたのだった。

第三章　火の国イグニスタ

最初の視察と交流を終えると、次には火の国イグニスタの王都を訪れたのだった。

イグニスタの王都も基本は石造りであるところは同じながら、水車の代わりに煙突が多く見える。

街にはしっかりとした道が通っており、ここでは川が流れていることはなかった。

質実剛健。堅牢といった風情だ。

それはどちらかというと帝国に近い印象で、俺としてはヴァッサールよりもなじみやすい風景だといえた。

大きく違うのはやはり、立派な煙突が見える、という部分だろう。

イグニスタが火の国と言われるのは元々、火の女神を信仰しているからではある。

しかし信仰というものの多くは、そこに住む人々の古くからの生活に影響を受けている。

水が多ければ信仰は水に関わり、森が多ければ樹木に神秘が宿ると考える。

火を信仰するイグニスタは、古くは狩猟、そしてその道具を生み出す鍛冶に重きを置いていた。

そのまま成長を続け、今でもその技術力はトップクラスのものだ。

帝国が資金と資源量、数にものをいわせて大量生産するのに対し、イグニスタはそういった大量生産技術もさることながら、一点もの、職人技という点で大きなアドバンテージを持っている。

鍛冶を得意とし、その技術を国内で高めあってきた結果だ。

そんな多くの職人たちの工房からは、炉を動かしている証《あかし》である煙が上がっている。

「この煙が、イグニスタの象徴なんだ」

フォティアは自慢げにそう言った。

そんな彼女の案内で、俺は街を進んでいく。

「何かの技術交換とか勉強会なら、工房に顔を出していろいろ話を聞くんだけど……あたしたちが聞いてもよくわかんないよね」

「まあ、そうだな……」

知識としては、イグニスタの鍛冶が優れていることは学んでいる。

それによれば特に合金の扱いに秀でており、条件に合わせて配合を変え、実用面での強度を上げる技術が群を抜いているらしい。

そういった知識はあるものの、技術的なことにはまったく素養がない。

実際に職人に話を聞いたところで、経験によるところが多いだろうし、彼ら自身の間でも技術継承はいまだに口伝がほとんどだという。きっと、俺に理解できるようなものではないだろう。

しかしそれは、イグニスタとより強固な関係を築き、帝国の職人たちをここへ派遣すれば、得るものが多くあるということでもあるな。

もちろん直ぐには無理だ。最初はその技術を上手く使わせてもらう……という形になると思うが。

一流の職人が増えれば、作り出せるものも増えるだろう。

そうした中には、イグニスタの職人側にとっても有益なものがあるはずだ。莫大なコストをかけるからこそ造りだせるものであれば、十分に興味を持ってもらえるかもしれない。

「あ、でも難しい話はともかく、完成品は楽しんでもらえるかも。儀礼用のかっこいいやつだけじゃなくて、実用的な剣も選んでみない？」

「それもいいかもな」

「だよねだよね！」

イグニスタからは記念として、俺が次期皇帝として表に出るときに身につける、礼装としての剣を献上されることになっていた。

火の国、鍛冶の国というだけあって、イグニスタの剣は大陸内でも随一に評判がいい。

帝国貴族としても、イグニスタの名剣を持つことは一種のステータスだ。

さすがに自国の騎士に報償などで与える剣は帝国製だが、実用性のほうはイグニスタの剣が重用されている。

用途にもよるが、イグニスタの剣は特にその切れ味が優れているという。

耐久性も高く、手入れが少なくてすむことなど、様々な点で信頼されている。

そういった剣は、前線で最も役に立つ。

平和な今となってはそういった状況も少ないが、最低限の補給しかない最前線で何ヶ月も戦ったときには、その力が遺憾なく発揮されていたという。

俺の場合はといえば、それこそ実戦で剣を振るう機会などないし、せいぜい試し切り用の的を切るくらいだが、それでも名剣には心惹かれるものはある。男なら当然だろう。

フォティアとそんな話もしつつ、イグニスタの街を見て回るのだった。

優れた技術を見るのは、門外漢でもどこか心躍るものがある。

それに――。

王都を自慢げに、楽しそうに案内するフォティアを見ていると、ここがいい国なんだな、ということが伝わってくるのだった。

●

様々な場所を案内された後、俺は王宮に用意された部屋でくつろいでいた。

フォティアの案内は、とても分かりやすかった。

帝国へのアピールポイントを、準備したとおりに語っていたネロアとは違い、その場その場での話題作りが多かったように思う。よくいえば臨機応変に、悪くいえば行き当たりばったりに対応している感じではあった。

しかし、それがマイナス評価かといわれると、そうではない。

まったく新しく縁を結ぶためならば、相手側のメリットを上手く伝えるというのは重要だ。

しかし、帝国とイグニスタはすでにそれなりの交流があり、その優れた点も理解している。

それならば、関係を深めることに注力すればいい。これまでの交流から、さらに一歩踏み込むことができる、という具合だ。

アピール合戦の目的は、どちらの国がより、帝国にメリットをもたらすかという話ではある。あるのだが大前提として、今回の婚約はどの国にとっても、別に失う物のない勝負なのだ。

両国はそれぞれに得意としているものがまったく違う。相手国では代替できないのだから、選ばれなかったほうの国も、帝国とはこれまでどおりに付き合える。

そういう意味では、過度に国の産業そのものを提示せず、俺への観光案内のようだったフォティアの方針も、間違っているという訳ではない。

実際、俺個人としては新鮮でとても楽しかったしな。ますますこの国が気に入った。

昼間の案内で手に入れた剣へと目を向ける。

儀礼用ではない、実用的な剣だ。皇子といえども、これほどのものはあまり手にすることはなかった。

装飾による派手さはないものの、その刀身はとても美しい。儀礼用ではないはずなのに、どこか神秘的ですらある輝きが刃には宿っていた。

こんなものを造りだせるというのは、すごいことなんだと思う。

そんなことを考えていると、フォティアが部屋を訪ねてきた。

「やっほ、ファウダー」

「ああ、どうしたんだ？　もう休む時間だぞ」

そう聞きはするものの、用件はわかっている。

今は次期皇帝の嫁を決めている最中だ。

昼間は自らの国をアピールし、夜は男と女としてのアピールだ。

まあフォティアの場合、どちらも俺個人へのアプローチという気がするが。

ともあれ、まずはノンビリと、かるく世間話をした。

「また剣を眺めてたんだね。喜んでもらえたみたいでよかった。あたしが好きなこの国を全部、フアウダーにも見せたかったんだ。ほら、いつもはあたしが帝国に行っていたから」

「たしかに、そうだな」

王族同士、とはいえ、その力には差がある。

そういった都合もあって、基本的には帝国が座して待ち、他の国が挨拶に伺うというのが基本だった。

フォティアとは幼い頃から何度も会っていたが、それらはすべて帝国の城で、だ。

俺がこうして国外に出向くのは、とても珍しい。

仮にも次期皇帝だということで、あまり身軽ではないからな。

国内の視察はともかく、国外に出ることはほぼ初めてだった。

そういう意味でも、この旅は純粋に楽しかったといえる。

「これからも、きっとこっちに来る機会ってあまりないだろうしね」

フォティアを選んでイグニスタと関係を深くしても、俺自身がこちらにくる機会はそうそうないだろう。

基本的にはこれまで通り、イグニスタ側が来ることになる。

まあ、フォティアがいれば、彼女の為、という名目でこちらに顔を出すことも出来はするのかもしれないが。

「本当はもっと、いろんなところを案内したかったんだけどね。ほら、あまり正式な立場では訪問しないようなところとか」

「なるほど、それもいいな」

イグニスタは昔から、堅苦しくない国民性だ。フォティアも親しみやすいお姫さまという評価らしいから、本来なら王族が訪れないような、庶民的な場所へもお忍びで出入りしていたのかもしれない。

国民たちもきっと、騒がずに受け入れてくれるのだろう。お互いわかってる、みたいな感じで。

それもなんだか自由で面白そうだな、とフォティアを見ていると思うのだった。

やはりフォティアと過ごす時間は、とても落ち着く。

しばらくはそんな風に何気ない話をしてから、俺たちはベッドへと向かった。

「フォティア」

「んっ♥　ファウダー、ちゅっ♥」

抱き寄せると、彼女は甘えるように抱き返して、キスをしてきた。

柔らかな唇が触れるのが心地良い。

「ん、ちゅっ……」

そのまま唇を重ね、さらに深いキスへ。甘い雰囲気が作られていく。

「ちゅっ、れろっ……♥」

俺からも舌を伸ばし、彼女のそれと絡めていく。

「んぅっ……。れろっ、ちゅっ♥」

彼女の舌先を舐め上げると、彼女の舌もこちらをくすぐるように動いて応える。

「んぅっ……れろっ……ちゅっ、ちろろっ……」

唾液を交換し合うようにキスを続け、高めあってから、ようやく口を離す。

「んっ……ファウダー……♥」

発情した彼女は、うっとりとこちらを見つめる。

その潤んだ瞳は色っぽく、俺を誘っていた。

そんな彼女にたまらず、ベッドへと押し倒していく。

「んっ……♥」

抵抗せずに仰向けになると、期待に満ちた目で俺を見つめた。

純粋な好意を向けてくれるフォティアの前では、次期皇帝と王女という立場も解け始め、ただの男と女であるように感じられる。

フォティアの服へと手をかけ、そのまま脱がせていく。

「あっ……んっ……」

大きなおっぱいが現れ、俺の目を惹く。

まずはその巨乳へと手を這わせ、挨拶するように軽く揉んでいった。

「あぁっ……んぁ……」

彼女は小さく声を漏らす。

柔らかな双丘をむにゅむにゅと堪能していった。

「あふっ、ん、はぁ、ファウダーの手、ん、ふぅっ……」

甘い吐息に促された肉竿が滾《たぎ》り、その先を求めている。

俺はさらに下へと向かい、残る服も脱がせていった。

「ファウダー、ん、はぁっ……♥」

脱がされることに恥ずかしさを感じつつも、昂ぶっているようだった。

すっかりと女の顔になって、こちらを見るフォティア。

そんな彼女を包む、最後の一枚を脱がせていく。

細く白い脚を小さな布が降りていく。

フォティアの秘められた場所があらわになっていった。

ぴったりと閉じている、女の子の割れ目。

俺はそこへと顔を寄せていった。

「あっ♥　ファウダー、ん、そんなにじっくり見られるの、はずかしいよ……」

彼女はそう言って、軽く身をよじる。

そして脚を組んで隠そうとしてしまうので、俺はその細い脚をつかみ、がばっと開かせる。

「あぅっ……♥」

フォティアは小さく声を出すものの、押さえられていて脚を閉じられないまま、羞恥に耐えているようだった。

そんな震える姿も、俺の股間を滾らせていく。

普段は明るく元気で、エッチなことにも積極的な雰囲気である彼女の、恥じらう姿。

その反応はオスの本能を刺激し、興奮を煽ってくるのだった。

俺は彼女の割れ目へとさらに顔を近づけ、舌を伸した。

「ひうっ♥」

割れ目をそっ舐め上げると、フォティアが甘い声を漏らす。

「あっ……ファウダー、そんなところ、あっ、んっ……」

そのまま舌を動かし、女の子の割れ目を舐め上げていく。

「だめっ……♥　ん、はぁ……」

彼女は小さく声を出して、脚に少し力が入る。

しかし、もう俺の頭は完全に脚の間に入り込んでいるので、問題はない。

俺はつかんでいた脚を解放すると、そのままおまんこを舐め回していった。

「んぁっ♥　あっ、ん、くぅっ……」

舌先で割れ目を押し開き、その内側へ。

フォティアの女の子を感じながら、舌先を動かしていった。

「あぁ……ん、はぁっ……。ファウダー、ん、くぅっ……♥」

彼女はおまんこをなめ回されて、気持ちよさそうな声を出していく。

その奥からは、濃い愛液とメスのフェロモンがあふれ出してきていた。

「あぁっ……♥　ん、はぁ……」

あふれる蜜を舐め取り、舌を動かしていく。

内襞をなぞるようにして舐めていくと、そこは気持ちよさそうにヒクついていた。

「あぁ……ん、あふっ、あぁ……」

彼女は艶めかしい声を漏らしながら、感じていく。

「ファウダー、ん、はぁ……」

俺は秘裂の内側を、舌で大胆に刺激していく。

「あふっ、ん、はぁっ……ああっ……♥　あたしの中、ん、はぁっ……そんなに、ぺろぺろしちゃだめぇっ……♥　あっ、んいっ！」

彼女の声がだんだんと高まっていくのがわかる。

おまんこをなめ回されて感じている姿はエロく、いいものだ。

「あっ♥　ん、はぁっ……そんなとこ、ああっ……♥」

彼女は恥ずかしさからか、俺の頭を押さえるように手を伸ばしてくる。

しかし、その手に力はこもっておらず、何の制止にもなっていない。

「あっあっ♥　ん、はぁっ、あふっ！」

フォティアは感じ入り、盛り上がっていく。

しかしやはり舌では手前のほうしかいじれず、中をしっかり愛撫していくのは不可能だ。

そこで俺は、狙いを最も敏感でありながら、舌でも届くところ……クリトリスへと変更した。

「んはぁっ！」

敏感な淫芽は控えめで、包皮に隠れている。

それ越しに舌を押しつけてみるだけで、フォティアはかわいらしい声とともに、びくりと身体を跳ねさせた。

「ファウダー、そこ、あっ♥　んっ……」

俺はそんな敏感クリトリスを舌先で舐め、いじっていった。

「んはぁっ！　あっ、ん、くぅっ♥　だめぇっ……♥」

感じやすい突起を舌でいじられ、彼女は一段と高まった声をあげていく。

これなら十分に感じさせられそうだ。

「あっあっ♥　ん、はぁっ……あたしの、あっ♥　弱いところ、そんなに、ん、舌でいじっちゃ、はぁっ……！」

「クリトリス、敏感なんだな。ほら……」

「あぁっ！　そこ、あっ、んあぁっ♥」

激しい嬌声をあげながら、しかしもっと刺激が欲しいというように、俺の顔を自らの股間に埋めさせてくる。

そんな半ば無意識のエロいおねだりに、俺はさらに舌を動かしていった。

「あぁっ♥　ん、はぁっ。だめぇっ♥　あっあっあっ♥　そんなにされたら、あたし、あっ、イっちゃ、んぅっ！」

彼女はかわいらしい声をあげながら、上り詰めていく。

俺は包皮を舌でずらしていき、ぷっくりとしたクリトリスを舐め、軽く吸いついた。

「んあああぁぁっ！　あっ、だめ、それ、あっ♥　あたしのクリ、そんな風に、あぁっ♥　イクッ！　ん、あぅっ♥」

「ああ、いいぞ。このまま舌でイってくれ」

俺はそう言って、舌先を動かしてクリトリスへの愛撫を続ける。

舐めまわし、軽く押して、さらに吸いついた。

「んひぃっ♥　あっあっあっ♥　もうだめ、んはぁっ、イカされちゃうっ♥　あっあっ、イクッ、はしたなく……イクゥッ！」

びくびくんっと身体を震わせながら、フォティアが絶頂した。

そしてぷしゅっと潮をふいた。

「あっ♥　あぁっ……♥　はしたないお汁、出ちゃってる……♥　ん、あぁっ……」

愛液よりもさらりとした、しかしメスの香りを存分に含んだ液体が飛び出していく。

俺はそれを舐め取り、さらに膣口も舐め回していく。

「あっ♥　あぁ……もうだめぇ……♥　ん、あぁ……」

彼女は快楽の余韻でうっとりと声を漏らす。

しかしそのおまんこはヒクヒクとエロく動いて、さらなるおねだりをしているようだった。

あまりに淫らすぎる姿に、俺も我慢できるはずがない。

欲しがりな美女の期待に応えるべく、俺は服を脱ぎ捨てた。

「んっ……ファウダー……」

彼女が俺を見上げ、いきり立つ剛直へと視線を動かした。

「あっ……♥　おちんぽ、ガチガチになってる……♥」

「ああ。フォティアの気持ちよさそうな顔を、しっかり見ていたからな」

「んっ……もう……。いいよ……きて……♥」

俺は横向きになっている彼女を、後ろから抱きしめるようにした。

「んっ……」

そうして、クンニでイキ、今も愛液をあふれさせて待っているそのおまんこに、滾る剛直をあてがった。

「あぁ……♥　硬いのが、ん、ふぅっ……」

そのまま腰を進め、彼女に深々と挿入していく。

「んはぁっ♥　あっ、んっ……！」

ずぷっ……と肉棒が膣内に収められていく。

膣襞《ちつひだ》が喜びに震え、待ち望んだ肉棒を締めつけてきた。

「あっ♥　ん、はぁっ……」

まだ回数は少ないが、きちんと肉竿を受け入れ、きゅっと締めてくる。

「フォティア……」

「んっ……♥　ファウダーのおちんちんも、あたしの中で喜んでる……♥　ほら、こうすると、ん、あぁっ……♥」

「うぉ……」

彼女は意識的に膣道を締めて、肉棒を刺激してくる。

蠕動する膣襞が肉棒に絡みつき、圧迫と摩擦の両方で快感を送り込んできた。

背面側位のかたちで繋がったまま、俺も腰を動かしていく。

「中に、ん、いっぱいきて、あぁ……♥」

俺はゆっくりと出し入れしていった。

「あふっ、ん、はぁ……あぁ……♥」

この姿勢ではあまり激しく腰を動かすことはできないが、すでに感じてぬれぬれになっているおまんこは、緩やかな動きでも十分に気持ちがいい。

たっぷりの愛液でスムーズに動く腰。

それでいて、蠢動する膣襞はしっかりと肉棒を擦り上げてくる。

「あふっ、ん、はぁっ、ああっ……」

緩やかに腰を動かしていくと、彼女は甘い声をあげていく。

俺も気持ちよさに浸りながら、さらなる快感を求めてピストンを行っていった。

「ん、あぁっ……ふぅ、んぁっ……」

そうして抽送しつつも、俺は後ろから胸へと手を伸ばす。

「あんっ♥」

むにゅり、と柔らかなおっぱいを揉んでみた。

「んっ♥ あっ、ふぅっ……」

柔らかな感触はいつもどおりとても心地よく、肉竿に与えられる刺激とは別の満足感が湧き上がってくる。

「あぁ……ん、あふっ、んぁ♥ あっあっあっ……」

彼女のおっぱいを楽しみながら、腰を小刻みに動かしていく。

「あっ、んんっ……胸もアソコも、んっ、同時に責められたら、あたし、ん、はぁっ！」

その柔らかさを堪能しつつ、尖りながら触れてほしそうにしていた乳首もいじった。

「んはぁっ♥」

驚きの嬌声とともに、おまんこがきゅっと反応する。

締めつけの快感と、敏感な彼女のかわいらしさで俺は興奮し、さらに乳首を責めていった。

「あっ♥ ん、だめっ……。乳首、んぁ、はああ……」

フォティアはますます感じ、濡れた声を漏らしていく。

「もっと感じてくれ」

くりくりと乳首をいじり回しながら、膣内を肉竿で突いていく。

「んはぁっ！　あっ、そんな、だから両方は、あっ♥　気持ちよくて、んぁ、ああっ……♥」

彼女はそう言って全身を震えさせる。それによって、締めつけはさらにキツくなっていった。

蠕動する膣内が、肉竿を強く圧迫してくる。

その気持ちよさの増幅に押され、腰を動きを速くしていった。

「ああっ♥　おちんぽも、強引で……そんなにいっぱい、かき回したら、ん、はぁっ……あたし、また、んぅっ、イっちゃ……ああっ♥」

「いいぞ、好きなだけ感じて、イってくれ」

「あぁっ！　ひぅっ♥　ん、はぁっ……♥」

快感に乱れていく彼女。

その愛らしさのまま淫らに締めつけてくるおまんこに、俺の限界も近づいてきた。

「あっ♥　ん、はぁっ……おちんぽ♥　中ですごく膨らんで、あっあっあっ♥　太いのが、おまんこ、擦り上げて、ああっ！」

「うっ、フォティア……」

「きてぇっ……♥　そのまま、んぁっ！　あたしの中に、あっ♥　んぅっ！」

俺は腰のペースを上げ、ぐちょぐちょの蜜壺を往復していく。

「あっ、ん、はぁっ♥　おまんこ、おまんこイクッ！　んぁっ、あっ、ファウダー、んぁ、あぁっ、んはぁっ！」

「フォティア、うっ……！」

俺はラストスパートで、膣道を擦り上げていった。

「んはぁっ！　ああっ、ん、はぁっ♥　あぅっ、イクッ！　おまんこイクッ！　あっあっあっ♥　イックウウゥウゥウゥッ！」

どびゅっ、びゅくびゅくっ、びゅるるるるるっ！

ぐっと腰を突き出すと、彼女の中に射精した。

「んはぁぁぁっ！　あっ、せーえきっ♥　すごい勢いで、んはぁっ♥　ああああああ！」

絶頂おまんこに中出しを受けて、フォティアが鋭い嬌声をあげていった。

「あっ♥　ん、はぁっ……熱いの、いっぱい出てるよぉ……あふっ……♥」

「あぁ……すごく締まるな……フォティア」

うねる膣襞が、最後まで肉棒を絞り上げていく。

俺はしっかりと精液を吐き出しきると、肉棒をずるりと引き抜いた。

「フォティア」

そしてそのまま後ろから、彼女を抱きしめる。

「んっ……♥」

彼女も身を預けてくれたので、俺たちはしばらくそうして抱き合っていたのだった。

●

視察スケジュールの間にある、休憩時間。

街中もレストランで、俺たちはのんびりとしていた。

ネロアは少し席を外しているものの、ちょっとした用事だということで、ヴァッサールの付き人も何人かはここに残っていた。

まだ日は高く、レストランの外には人々が行き交っている。

護衛騎士もいる大所帯だから目立つということに加え、フォティアは市井でも人気のお姫さまであるということで、こちらに注目している者もいる。

まあ、護衛たちが周囲にいるため、こちらに声をかけることはできないのだが。

ともあれ、そういうのは俺たちにとっては普通のこと。

目立つ立場だし、常にそういうものなのだ。

そこで俺はふと、気になったことを聞いてみることにした。

「そういえばフォティアは」

「うん？」

声をかけると、彼女は小さく首をかしげた。

その仕草は無邪気で、フォティアらしい。

思わず見とれてしまう。

そんな風に思いつつも、俺は話を進めた。

「フォティアは、帝国に嫁に来るのって、どうなんだ？」

「どうって？」

「ほら、ネロアは――ヴァッサールは、基本的に国王になるのは男だから、どのみちどこかの家に嫁に行くわけで、それが王国内か帝国かってだけの話だが――イグニスタは違うだろう？」

貴族としての生き方に、男女ともに選択肢のあまりないヴァッサールやガルモーニャ帝国。

男なら家を継ぎ、女なら他家の嫁となる。

生まれたときからそういうものとして育っていく。

だが、イグニスタは違う。

イグニスタ王国は男女の別がなく、基本的にはひとりが家を継いで、他の弟妹たちは婿や嫁に出る、というスタイルだ。

特に王族は女性が多く、現在も女王だし、次の王もフォティアのお姉さんが継承権一位である。

姫にも女王を目指す道があるし、国内で婿を取り、新しく公爵家をたてるという選択もある。

フォティアの場合、本来なら自由にそれを選べるにもかかわらず、帝国との婚姻をなかば強制されている可能性もある、というのが心配だ。幼いころからの交流も、そのためだったかもしれない。

「うーん……」

しかし、彼女は首をかしげる。

「王位継承に関していえば、お姉ちゃんのほうが王様に向いていると思うし、そもそも自分としての選択肢にはないかなー」

「そうなのか」

フォティアほど多くはないものの、彼女の姉とも何度か顔を合わせたことがある。

気のいい姉御、といった雰囲気の快活な女性で、確かにこのイグニスタを引っ張っていくのには向いている人だと思う。

「帝国とのことは……これをファウダーに言うのもあれだけど、正直、今のイグニスタって、それなりに安定してるんだよね」

「ああ、危なげはないよな」

今回の結婚は、俺に対しても「好きなほうを選んでいい」と言われているように、外交上必須のものではない。

ヴァッサール、イグニスタの両国としても、帝国の力がどうしても必要というような切羽詰まった状況ではない。この視察旅行からも感じたが、「相手国よりも優れていると認められたい」とか、単に「負けるのが嫌」くらいの意識にさえ思える。

勝利に意義はあるが、負けたとしても困りはしない。

それは帝国としても背負うものが少なく、助かることだ。婚姻さえ上手くいけばいいのだ。

「だから別にイグニスタとしても、帝国への嫁入りが必要じゃないんだ。それもあって実は、あたしも相手がファウダーじゃなかったら、勝負自体受けなかったかもね」

フォティアが、こちらをじっと見つめる。

「あたしはただ単に、ファウダーと一緒にいたいから、今回の話に立候補しただけ」

そう言って、笑みを浮かべた。

そのまっすぐな笑顔と好意はまぶしく、俺の心に染みこんでくる。

基本的に打算的であり、次期皇帝として育て上げられた俺にはできない純粋な表情だ。

そんな彼女に惹かれ、俺はその頬を優しくなでた。

「んっ……」

彼女は少しくすぐったそうにしながら、微笑んだ。

フォティアにあるのは俺への好意だけで、帝国で成り上がろうとか、国内で力をつけようとか、そういった野心とは無縁だ。

同時に、優しく明るい彼女は、他者を踏みにじるのには向いていない。

国を回す、上に立つというのは、時に悪を成すものでもある。

安定した今でこそおとなしいが、そもそも帝国は、様々な国を飲み込んでその力を上げ、今や大陸でも一強として君臨している国だ。

十分に大国であるヴァッサールやイグニスタまでもが、近づくことにメリットを大きく感じているほどに。

フォティアの純真さは、帝国らしさとは違うもので、皇帝の妻として理想的ではないのかもしれない。

けれど、それは俺が担えばいい部分でもある。

むしろ俺に必要なのは、こうして皇帝としての面を出さなくていい存在なのかもしれない。

そんなことも思うのだった。

●

夜になり、俺は部屋で考えに耽《ふけ》っていた。

イグニスタの視察もほぼ終え、あと数日もすれば帝国へと出発することになる。

二カ国を巡り、それぞれのアピールを受けてきた。

良さはもちろん、アプローチの仕方も違った両国。

元々が独自の強みを持って帝国と交流していた国だけに、どちらにも見るべきところが十分にあり、本来ならば数日だけの視察で決められるようなものでもない。

とはいえ、だ。

あくまで俺個人の判断に委ねられているので、気は楽だ。

二つの王国からしても、フォティア自身が言っていたように、選ばれなかったから困るというようなことでもない。

選ばれれば帝国の後ろ盾を持って、より発展が見込めるという程度のことだ。

とくにマイナスはない。どちらかというと「昔対立していた国に、かつてとは違った方法で勝ってみたい」という色のほうが強い印象だった。

対立すること自体はともかく、その解決方法が平和的なのはとてもいいことだと思う。

それも理解しているからこそ、フォティアは国家間の問題よりも、個人的な思いでストレートに迫ってきているのだろう。

そんなことを考えていると、フォティアが部屋を訪れてきた。

「おう」

俺はそんな彼女を迎え入れる。

「もっとファウダーに、いろいろなところを案内したかったけど、やっぱり難しいね」

「スケジュールもあるが、受け入れるほうもなかなか大変だろうしな」

平和だということもあり、視察中は常にのんびりとしているが、あくまでも俺は次期皇帝であり、ふたりはお姫さまだ。

そうそうあちこちに、気軽に顔を出せるような組み合わせではないのだった。

気安い国民性もあり、フォティアだけならば比較的馴染みやすく、住民たちからも慕われている。

だが、帝国の皇子を迎えるとなると、街中の店や観光地では気を遣う部分も出てくるだろうしな。

「どっちの国でもトラブルがなかったのは、すごくよかったよね」

「ああ、そうだな」

帝国内でだけなら、手間などはかかっても問題はない。

しかしヴァッサールとイグニスタは、今でも不仲なままの国だ。

帝国内で会うときには、さすがに変な行動をとる者はいないが、相手国でとなるとやや予想できない部分もあった。

そのため、今回はかなり厚めの護衛がついていたのだった。

しかし結果的には、恐れていたようなことは何も起こらなかった。

俺がいたからこそかもしれないが、目の届く範囲では、お互いに不快になるような態度すらなかったくらいだ。

それは少し意外でもあり、とても好ましいことだった。

「あたしも、ヴァッサールを見に行けたのはすごくよかったと思うよ」

「そうか」

「うん。聞いていた話と、全然違ったし。これは、ネロアにもだけどね」

「ああ……そうなんだろうな。国交自体がろくにないからなぁ」

互いの国に関しては情報が昔のままで、争っていた頃の印象で止まっているのだろう。

争いを終えた後も、基本的には不干渉になっていたからな。

宗教的な教義からして違うということもあるし、突然仲良くはできないとは思うが、そのままずるずると没交渉が続いていたのは良くないな。

しかし今回、帝国を挟んでいるとはいえ、それぞれの国に相手国の王族が正式に入ってきたのだ。

これは快挙といっていいかもしれない。

結果としても大きなトラブルはなく、思ったよりもスムーズに終わった。大きな成果だ。

だからといってすぐに交流を、ということにはならなそうだが、国民感情としてもそこまでいがみ合っている状況ではないというのがわかったのは俺も嬉しい。

そんな話で盛り上がったあとで、俺たちはベッドへと向かう。

「ん、ファウダー」

「ああ……」

俺たちはベッド脇で抱き合い、キスをする。

「んっ、ちゅ……♥」

彼女の柔らかな唇を感じながら、舌を伸した。

「れろっ……ちろっ……♥」

求めあい、互いの舌を絡めあっていく。

「んむっ、ちゅっ……こうしてキスするの、好き……」

彼女は嬉しそうに言うと、さらに舌を伸してきた。

俺はそんなフォティアの舌を愛撫し、さらに口内へと舌を忍ばせる。

「あっ♥ ん、それ、んぁっ……♥」

柔らかな口内を愛撫すると、彼女が敏感に反応していく。

どうやら、口の中も弱いみたいだ。

間近で色っぽい声をもらすフォティアのかわいらしさに、俺の興奮も高まっていく。

「ん、あふっ、れろっ……♥」

感じながらも舌を動かしていくフォティア。

俺はそんな彼女の唇を、さらに刺激していった。

「んぁぁ……♥　あっ、ん、ふぅっ……ファウダー……」

彼女は顔を赤らめながら、口を離すと俺をベッドへと押し倒した。

「もう……えいっ♥」

そしてこちらのズボンに手をかけ、すばやく下ろしてくる。

あっという間に下着ごと下ろされてしまい、肉竿が飛び出てきた。

「ん、ファウダーのここもやっぱり、もう反応し始めてるね。つんつん」

「うぉ……」

彼女は指先で軽くペニスをつついてくる。

女の子の細い指が、淡い刺激を伝えてくるのがこそばゆい。

「さっきファウダーが舌で責めてきたあたしのお口で、こんどはおちんちんを責めちゃうんだから……れろっ♥」

「おぉ……うっ……」

フォティアの舌が、肉竿をぺろりと舐めた。

「ん、れろっ、ちろ……」

湿った舌が、裏筋のあたりを舐めてくる。

「ここが、敏感なんでしょ？　ちろろっ」

舌先がそこをくすぐるようにして責めてきた。

「ああ……そうだな……」

「おちんちん、ぴくぴく反応してる♪」

肉茎に慣れてきたその舌使いに、気持ちよさが広がっていく。

「れろっ、ちろっ……♥」

彼女はあくまで楽しそうに、俺のチンポを舐めてくれるのだった。

「れろろっ……ちろっ、ぺろっ」

「うっ……いいな、上手いぞ」

以前より上達しているその舌使いに、俺は高められていく。

「ぺろっ、ちろろっ……ん、ちゅぱっ……♥」

彼女は器用に舌を使いながら、肉竿を舐《ねぶ》っていった。

「ん、こうして根元に向けて、ちろろっ……」

先端から根元へと舌を動かすのも気持ちいい。そしてその快感は、また上へと登っていった。

「れろろっ。ちろっ、ぺろっ……」

「フォティア……」

彼女の舌使いに、肉竿は震えながら滾っている。

「んふふっ……♥　ファウダー、気持ちいい？」

「ああ、すごくいい」

「よかった♪」

嬉しそうに言って、さらに肉竿を舐め回してくる。

「れろろろっ、ちろっ、ちゅぱっ……ん、ふぅっ……」

舌を淫らに伸してくフォティアの姿は、かわいくもエロいものだった。普段が純粋な少女だけに、奇妙な背徳感がある。

「れろろっ、ん、あーむっ♥」

そして彼女の口が、ぱくりと先端を咥える。

「ちろっ、ちゅぱっ、れろろっ……」

「うぁ……ああ……」

先端をじゅぼじゅぼとしゃぶられながら、口内では舌が舐め回してくる。

温かな唾液と、刺激してくる舌の柔らかさ。

そのフェラ独特の気持ちよさに、俺はどんどんと高められていく。

「れろろっ、ちゅぷっ、ん、ちゅぽっ♥」

すぼんだ唇が肉竿を擦り、軽く吸いついてくる。

「ちゅぱっ、ん、じゅぽ……♥」

そのまま頭を動かすと、肉竿が半ばまで飲み込まれていく。

「じゅぷっ、ん、ちゅぱっ……」

彼女は頭を上下に動かして、そのかわいらしい唇で肉竿をしごいていった。

「ちゅぶっ、ちゅぱっ、れろろっ……♥」

フォティアのフェラ奉仕が、肉竿を刺激していく。

「れろろっ、ちゅぷっ、ちゅぱっ……」

ちゅぽっと肉棒を咥える、はしたないフェラ顔。

普段の彼女が元気な笑顔を見せてくれるのに比べ、その卑猥な姿は情欲を刺激してくる。

「じゅるるっ……ちゅぱっ、じゅぽっ……！」

「うっ……そこは」

お姫さまがチンポにしゃぶりつき、吸いついてくる。

その気持ちよさに、俺はどんどんと高められていった。

「じゅぶぶっ、ちゅるっ、じゅぶっ……♥」

「フォティア……」

「ん、じゅぶっ……してほしいことがあったら、言ってね？　じゅぶぶっ♥　ファウダーが喜ぶこと、してあげたいから、じゅるっ」

「う、あぁ……」

愛らしくそう言うフォティアだが、その素直さと、それにそぐわないくらい淫らな吸いつきのフェラに、俺の理性は溶かされていく。

「じゅぶぶっ、じゅるっ、じゅぽっ♥」

下品な音を立てながら肉竿がしゃぶられていく。

「じゅるっ、ちゅっ、ちゅぱっ……♥　ん、ふぅっ……れろろろっ」

「おぉ……！」

その吸いつきに気を取られていると、また舌がくりくりと動いて先端を刺激してくる。

「ちろろっ、れろっ、ん、先っぽから、我慢汁が出てきてるね……♥　ぺろっ、れろろろっ、ちゅぅっ……♥」

「あぁ……！」

彼女は鈴口をくすぐるように舐め、軽く吸ってくる。

先走りが吸い出され、さらに精液がせり上がってくるのを感じた。

「ん、じゅぷっ……♥」

その気配を感じ取ってか、さらにしゃぶりついて激しくフェラを行ってきた。

「じゅぷぷっ！　じゅぽっ、ちゅぱっ♥　ん、ふぅっ……おちんぽ♥　イキそうだよね？　れろろろっ、じゅぽっ！」

「ああ、もう出そうだ……」

答えると、彼女は上目遣いに妖艶な笑みを浮かべた。

「じゅぷっ、ちゅぼっ、じゅるっるるっ！」

そしてこちらを追い込むように、ラストスパートをかけてくる。

「じゅぼぼぼっ！　じゅるっ、ちゅぽっ！　ん、じゅぷじゅぷっ！　れろろろっ、じゅぼぼっ、じ

「じゅぷじゅぷじゅぷっ！　じゅぽっ、じゅるるるっ、れろっ、ちゅぱっ、れろろろっ、ちゅうぅぅぅぅっ！」

「ああっ、出るっ！」

ゆぶぶぶっ！」

最後に思い切りバキュームを受けながら、俺は射精した。

「んんっ!?　じゅるっ、ちゅうっ♥」

放たれる精液を、フォティアはしっかりとお口で受け止めていく。

「んむっ、じゅるっ、ちゅぶっ……ん、ごっくんっ♪」

そしてそれを飲み込んでいくと、ようやく肉棒を口元から離した。

「あふっ……精液、いっぱい出たね♪」

「ああ……最高だったよ」

「気持ちよかったんだ、良かった」

フォティアのフェラで吐精した俺は、その満足感に浸っていた。

「ね、ファウダー」

彼女は下着を脱ぎ去り、こちらを見つめた。

「次はあたしのここで、気持ちよくなって……？　おちんぽ、まだまだ元気だよね？」

「ああ、もちろんだ」

フォティアのフェラは気持ちがよく、それだけでも十分満足している。

それでも、濡れたおまんこを見せられながらえっちなおねだりをされると、またムラムラとしてしまう。

「それじゃ、このまま……」

彼女は乱れた服のまま、俺の上へと跨がってくる。

「んっ……」

柔らかそうに揺れるおっぱいに見とれていると、大きく脚を広げ、もう十分に濡れている自らの膣口へと肉竿を導いていった。

「あふっ……ん、あぁ……」

そしてそのまま、ゆっくりと腰を下ろしてくる。

「ファウダー、ん、はぁっ……」

彼女はそのまま、俺へと身体を倒してきた。

「中に、ん、あぁ……♥」

俺に身体をかぶせ、逆正常位の形で繋がる。

「ファウダー、ん、はぁっ……」

彼女はゆっくりと腰を動かし始めた。蠢動する膣襞が肉棒を擦り上げ、快感を膨らませていく。

「あっ、ん、はぁっ……あたしの中、ん、ふぅっ……」

艶めかしい吐息を漏らしながら、身体を動かしている。

「ん、ふぅっ、ファウダー、んっ♥」

俺の上で腰を振っているフォティアが、ぐっと身体を密着させてくる。

その大きなおっぱいが柔らかく押し当てられて、気持ちがいい。

「あふっ、ん、あぁっ……♥」

足を上げられた体位のせいで俺も楽ではないが、そのぶん、快感を貪るフォティアの淫らさが際だっている。

「ファウダー、ちゅっ♥」

彼女は俺に覆い被さる姿勢のままで、キスをしてくる。

「ん、ちゅっ……れろっ♥」

そのまま舌を伸し、求めるように絡めてきた。

「んはぁ、あっ、ん、くぅっ……」

彼女はエロい声を上げながら、腰を振っていく。フォティアはほんとうに、キスが好きだ。

俺はそんなかわいいフォティアの、敏感な口内を刺激してやった。

「んはぁっ♥ あ、だめぇっ……」

彼女は思わず口を離し、とろけた顔で俺を見つめた。

「ファウダー、ん、あふっ……」

「ほら、フォティア……」

「んはぁっ♥」

俺はそんな彼女の肩を抱き寄せる。

腰がさらに密着し、肉竿が膣内を擦り上げた。

「んぁっ♥　あっ、んっ……もう！」

俺を押し返すように寝かせ、足を掴んで主導権を奪うフォティア。彼女は自分でも嬌声をあげながら、腰を振っていく。

「あふっ、ん、あぁっ……♥」

彼女が腰を動かす度に、膣襞が肉棒を擦りあげ、快感を膨らませていく。

「あっ♥　ん、はぁっ……！」

俺はそのエロい姿を見つめながら、俺も身を任せるセックスの気持ちよさに浸っていった。

「ん、あぁっ……♥　ファウダー、ん、はぁっ！」

「フォティア、だんだん腰が速くなってきてるな」

「あんっ♥　だ、だって、ん、はぁっ……気持ちいい、からぁっ……♥」

彼女はそう言って、さらに腰を動かしていく。

「あふっ、ん、はぁっ、あぁっ……んはぁっ♥　あっあっ、ん、くぅっ！」

腰を打ち下ろし、あるいは擦りつけるフォティアがどんどんと高まり、その嬌声も上がっていく。

「ファウダー、ん、あたし、あふっ、ん、あぁっ……」

膣襞もきゅっきゅと肉棒に絡みつき、刺激を送り込んできた。

「フォティア……こっちからもいくぞ」

「んはぁ！」

俺は、そんな彼女へ向けて腰を突き上げる。

「あぁっ♥ それ、んはぁっ、突き上げるの、だめぇっ……！」

彼女はかわいらしく言いながら、おまんこをきゅっと締める。

「うぉ……」

抵抗されるが、その気持ちよさでますます、俺は腰の動きを強めていった。

「んあぁぁっ！ あっ、ん、くぅっ！ ファウダー、あっあっ♥ んはぁっ！」

彼女も快感に乱れ、激しく腰を動かしている。

「んはぁっ♥ あっあっあっ♥ すごい、んぁっ……おまんこ、気持ちよくて、あ、ん、イクッ！ あっあっ♥」

「フォティア、ほらっ！」

「んくぅぅぅっ♥」

行き止まりを亀頭で突き上げると、彼女がびくりと震える。

蠕動する膣内が肉棒に抱きつき、その興奮を伝えてきていた。

「あっ♥ だめ、んはぁっ、もう、イクッ！ ファウダー、んぁ、あっあっ♥ イクッ、イクイクッ、イクウゥゥウゥッ！」

「うぉ……！」

彼女がぎゅっと俺に抱きつきながら絶頂を迎える。

膣襞がこれまで以上に締まり、肉棒を絞り上げてきた。

「あっ、んはぁっ、ああっ♥」

そんな絶頂おまんこの締めつけに、俺の射精欲も一気に膨らむ。

快感にうねる膣襞を押し分けながら、ぐいぐい突き上げていった。

「んひぃっ♥　あ、だめっ、んあぁっ！　イってるおまんこ♥　そんなに、おちんぽズプズプされたら、んぁっ♥」

快楽に乱れる彼女。

狭まる内部を掻き分けるようにして、奥まで侵入していく。

「んぁっ♥　またイクッ！　イってるおまんこ……子宮突かれて、イクゥッ！」

彼女は気持ちよさそうに、また俺に抱きついてきた。

「う、フォティア、俺もイキそうだ」

「あっあっあ♥　今、んぁ、そこにせーえき出されたら、気持ちよすぎておかしくなるぅっ……♥　んぁ、ファウダー、あっあっ♥　だめぇっ♥」

「うぉ……」

ダメだと言いながらも、そのおまんこは子種を求めて絡みつき、肉棒を擦り上げていく。

「ああっ♥　おちんぽ♥　膨らんで、あっ♥　準備、しちゃってる……♥　ファウダー、んぁ、あっあっ♥」

「う、出すぞ！」

俺はフォティアの細い腰をつかむと、こちらに引き寄せるようにしながら、腰を押し込んでいく。

「んひぃっ！　あっ、んはぁっ！　ズンズン、奥まで突かれてっ♥　んぁっ、ああっ、あっあっあっ♥　んくぅぅぅっ！」

「う、おぉ……！」

どびゅっ！　びゅくびゅくっ、びゅくんっ！

俺は彼女に中出し射精を決めた。

「んぁっ、中っ♥　熱いのびゅくびゅくっ♥　すごいのぉっ！　あっあっ、イクッ、イックウウゥウウッ！」

膣内で放たれた精液が、ベチベチとフォティアの中を刺激する。

それによってまたイってしまうフォティア。

おまんこが激しく収縮し、射精中の肉棒を絞り尽くそうとうねる。

「あぁっ♥　んはぁ、ああっ……♥」

絶頂の余韻で声をあげるフォティアに、俺の精液は余すところなく搾り取られていった。

「あっ……♥　ん、ふぅっ……あぁ……♥」

俺は腰を止め、そのお腹の中へと精液をじっくり吐き出していった。

「あふっ……すごい……いっぱい出てるね……♥」

彼女はうっとりとそう言って、こちらに抱きついてくる。

「ああ……満足だよ」

俺も彼女を抱きしめ、しばらくは行為の余韻に浸っていたのだった。

第四章　お姫さま×2の誘惑バトル

それぞれの国を案内してもらったことで、ふたりへの愛情もますます湧いてきた。

俺たちはそれから数日を経て、帝国の城へと再び戻ってきた。

あとはもう、俺が結婚相手を正式に決めるに至るまでの、アピールタイムだ。

実際に国を見てきたからこそ、ここからさらに有効になるアピールの仕方というのもあるだろう。

——一応、そういうことになってはいるが……。

実際のところは、これから始めるのは彼女たちによる誘惑バトルだ。国家ではなく、女としての勝負だった。

両国との付き合いが劇的に変わるような、経済的な決定打はない。

それぞれの国を視察した高官たちも、お互いにそう感じていたようだ。

そうなれば後は、お姫さまたちが女としての魅力で俺を籠絡するだけ……というのは、簡単に予想されるところだろう。

男の側としては悪くない……どころか、正直最高の状況だと思うのだが、ふたりともそれぞれに魅力的な美女だからこそ決めるのが困難だという悩みがある。

贅沢な悩みだがな。

しかし、いつかはそれを決断しないといけないわけで。

そうなると必然的に、彼女たちの淫らなお誘いも、日に日に増えていくことになるのだった。

俺の体力が持つかどうか、嬉しい悲鳴というやつだ。

そんな争奪戦が始まってほどないある日、ネロアとフォティアが、何故か一緒に部屋を訪れてきたのだった。

「珍しいな」

俺はそう言って、ふたりを迎え入れる。

それぞれがアピールに来る、というのはしょっちゅうだったが、貴族との会食や夜会などの必須の場面を除けば、ふたりが一緒にいるのを見るのは初めてだった。

本人たちは今回の縁談で初めて会ったわけだが、ふたりの国はずっと仲が悪かった。

そのため、なかなか積極的に話そうとはしていない様子だ。お付きの者の目もあるしな。

だからふたりとも基本的には、三人でいても、俺に話しかけてくるだけだったし。

「そうですね。でも、ちょっと思い直したところもあるんですよ」

俺の疑問に、ネロアがそう答える。

「これまで、ヴァッサールでは『イグニスタとは相容れない』と考えていました。水と火の女神がそうであるように、教義も考え方も違う。わかりあうことなどない、と言われていましたが……」

「うん。あたしのところもそんな感じ。争うほどじゃないけど、関わらないほうがお互いにとって良いって」

「たしかにな……」

どちらの国も、今は時代に合わせて教義が緩くなってはいる。

単純に豊かになったことで、心に余裕ができた、ということもあるだろう。

教えの中には、かつての厳しい環境の中で生き残る術《すべ》や、集団生活を円滑に進める方法という側面もあったのだろうし。

例えば、禁欲的な寓話の例に出る品物は、当時はそれなりに手に入りにくかったのだろうが、平和な今では庶民でも手に入ることは多い。

今はどちらの国も、食べるのに困るようなことはあまりないしな。

「実際に訪れてみて、そこの人たちを見て……そんなこともないのではないか、と思ったのです」

「トラブルもなかったしな」

「はい」

護衛たちも最初はかなり警戒していたが、実際には何も起こらなかった。

報告によれば街の人々も、おそるおそるという感じで相手国の人たちを見て、『意外と普通なのでは？』というような感想を抱いているということだった。

実際のところ、帝国を挟んでいるとはいえ、両国は地理的にも近い部分はあるわけで、民族的にはそこまでの違いはない。内陸と海側での、気風の違い程度だろう。

信じる女神こそ違うが……その教義も、今では時代に合わせてそれなりに近づいてきている。

「だからちょっと、ネロアとも話してみようと思ってね」

「そうなのか」

「はい。フォティアとお話をしておりました。その上で、今晩は一緒にファウダー様のところへ行こう、と」

「そうか。良いことだな」

ふたりが仲良くしてくれるのは、とてもいいことだ。

ただちに国同士も、とはならないまでも、姫たちのそんな話が国民に伝われば、ひとつのきっかけにはなるだろう。

状況的には俺を交えてということであっても、自ら進んで交流を持とうとするのは大きな前進だ。と、俺はのんきに思っていたのだが……。

「実際に、どちらがよりファウダー様の妻に――お嫁さんにふさわしいかも、一緒に比べられますし、ね？」

「うん？」

「ファウダーは、あたしのほうが好きだよね？」

「わたしのご奉仕でも、いっぱい感じてくださってましたよね？」

「おっと」

なんだか雲行きが怪しくなってきた。

彼女たちはずいっと、こちらに迫ってくる。

「どちらが妻に相応《ふさわ》しいか……」

「ふたりでファウダーにご奉仕して、判断してもらおうと思って」

そう言って、ふたりが俺をベッドへと押し倒す。

「なるほどな……」

その勢いにはちょっと気圧されるものがあったものの……。

美女ふたりによるご奉仕対決、という響きは、男にとってみればロマンあふれるものだった。

よし、これは流れに乗っておこう。

俺はあっさりと理性を手放し、彼女たちの勝負に付き合うことにするのだった。

「それじゃ、まずは脱がせて……」

「失礼しますね」

ふたりが俺の服へと手をかけ、脱がせていく。

ひとり相手でもいいご身分なのだが、美女ふたりからとなると、なおさら昂ぶりが増していく。

「ん、しょっ……」

「少し、腕を上げてくださいね」

彼女たちの手が俺の身体をなでるように動き、服を脱がせていく。

脱がす動作さえも心地よく、期待を煽っていく。

「さ、ファウダー様、んっ」

「これで、えいっ」

そうこうしているうちに、すっかりと脱がされてしまった。

「あら、ファウダー様のここ」

「まだおとなしいみたいだね。つんつん」

脱がされてあらわになったそのペニスに、ふたりの視線が向く。

「これが、あんなに逞しくなるんですよね……なんだか不思議です」

そう言いながら、ネロアが先端を指先でなでた。

「うぉ……」

そのくすぐったいような刺激に、声が漏れる。

「この状態もかわいいけどねー」

面白そうに、フォティアもつついてくる。

「あっ、ほら、反応してきた」

「わっ、おちんぽ、ムクムクって大きくなってます……！」

彼女たちの指先にいじられ勃起していく肉竿。

ふたりがじっと見てくるのは、なんだか変な感じだ。

「こんなに大きく……身体のどこに収まっていたのでしょうか？」

「これだけ立派になっちゃうと、もうパンツにも入らなそうだよね♪」

そんなことを言いながら、彼女たちは勃起竿をまじまじと観察して、触れてくる。

「さて、それじゃ」

「おちんぽも大きくなったことですし♪」

彼女たちがずいっと俺の股間へと身を寄せていく。

「どちらがファウダー様を気持ちよくできるか、勝負ですね」

「なるほどな……」

そういう感じなのか。

平和的といえば平和的。

そして男としては嬉しい勝負だが。

「では、失礼します。れろっ！」

「あたしも、ぺろっ！」

ふたりが舌を伸ばし、俺の肉棒を舐め始めるのだった。

「ぺろっ、れろっ……」

「ちろっ……ん、逞しいおちんぽ♥　ぺろっ」

ふたりの舌先が肉竿を刺激してきた。

「れろっ、ちゅっ、ぺろっ」

「んむっ、ちゅぱっ……。ちろろっ！」

彼女たちが俺の股間へと集って、肉棒を舐めてくる。

「んむ、ぺろぉ♥　ファウダー様、おちんぽ気持ちいいですか？」

「ああ……もちろんだ」

美女ふたりがチンポに顔を寄せてご奉仕する姿は、とてもエロくていい。

「ちゅぱっ、べろろっ……ふふ♪　なら、もっと気持ちよくしてあげるね。れろっ、ぺろっ！」

「わたしも負けません！　レロレロレロレロレロ！」

「うぉっ……」

そして競うように、肉棒を舐め回してくる。

俺はその気持ちよさに、身を任せればよいだけだった。

「ぺろろっ、ちゅっ、ちゅぱっ……」

「れろっ、ちろっ、ちゅぷっ……」

美女からの同時のご奉仕に、どんどんと高められていく。

「ぺろっ、れろっ、ちろろっ……」

「れろれろっ、ん、ふぅっ……」

ふたりによるご奉仕は、気持ちよさはもちろん、精神的にも満たしてくれる。

「れろろっ」

「ぺろっ、ちろっ……」

彼女たちはふたりにして、愛おしそうに肉竿を舐め回していた。

「れろろっ、ちろっ、ぺろっ！」

「ぺろっ、ちろっ、れろっ、ちゅぱっ♥」

「あっ、ずるいですっ」

ほんとうに贅沢なご奉仕だな。そんな風に考えていると、フォティアがパクリと先端に吸いつき、それを見たネロアが抗議の声をあげた。

「ちゅぱっ、ちゅるっ、ちゅぅっ……♥」

「うぉ……」

そのまま先端に吸いついてくるフォティア。

「それならわたしは……はむっ、ちゅぱっ、ちゅぷっ……」

「おぉ……そっちもか」

それに対抗するように、ネロアは顔を横に向け、幹の部分を唇で挟み込んだ。

「ちゅぷっ、ちゅぽっ……」

そしてそのまま、頭を動かしていく。

「ちゅぷっ、じゅるっ……」

「じゅぶぶっ、ちゅぅっ♥」

根元をネロアの唇にしごかれ、先端をフォティアにしゃぶられる。

そんなふたり分のご奉仕に、俺は背筋を震わせていった。

「あむっ、じゅぶっ、じゅぽっ……こうして、ん、わたしのお口で、ファウダー様のおちんぽをしごいて……」

「れろろっ、じゅるっ、じゅぽっ！　あたしは先っぽをしゃぶりながら、舌で舐め回しちゃうね。レロレロレロレロレロ！」

「ふたりとも、うぉ……」

そんな彼女たちのご奉仕で、俺は追い詰められてしまう。

「じゅぶじゅぶっ、じゅぽっ……」

「れろろろっ、ちゅぱっ♥　ちゅぅっ！」

彼女たちは思い思いに肉竿をしゃぶり、愛撫を行っている。そのランダムな刺激には、耐えられそうもない
「うっ、ふたりとも、そろそろ……」

「ん、ちゅぷっ……あっ、それじゃ、緩めたほうがいいですか……？」

そう言って動きを止め、唇を離そうとするネロア。

「じゅぶぶっ！　ちゅぱっ、ちゅぅっ♥」

それとは反対に、先端に吸いつき、さらにバキュームしてくるフォティア。

「フォティア？　そんなにしたら、出ちゃいますよ？」

「うん？　まずはこのまま、お口で気持ちよくなってもらうんじゃないの？　じゅるるっ♥」

「うぉ……刺激が……くッ！」

話しながらもフェラを続けるフォティア。

「せっかくの子種をちゃんとお腹に注いでもらわないのは、もったいないじゃないですか。お口じゃ孕めませんよ」

孕む、という言葉が清楚なネロアの口から出るのは、なんだかエロいな、と思った。

「でも射精するってことは、それだけファウダーが気持ちよくなってくれたってことなんだよ。ね？

れろぉ♥」

「あぁ……たしかにそうだが」

途切れることなくチンポをしゃぶってくるフォティア。

俺はそんな彼女のフェラで、限界まで来ていた。

先端を責めながら、フォティアはネロアへと言葉を続けた。

「れろっ、ちゅぱ♥　子作りはもちろん大切だけど、れろぉ……♥　ただ入れて出すだけじゃダメだよ。ちゅぱっ♥」

フォティアは良いことを言っている風なのだが、なにせ肉棒をしゃぶりながらなので、俺としては内容が入ってこない。

「ちゅぷっ、ちゅ……れろっ……」

「なるほど、確かにそうかもしれません……」

ネロアは神妙にうなずいた。

彼女のほうには伝わっていたらしい。

「ファウダー様……ちゅぷっ♥」

そしてあらためて、ネロアが根元のほうを唇で挟んできた。

「わたしもご奉仕します。いっぱい気持ちよくなってくださいね、じゅぷっ……」

「うぉ……ちょっとまて」

すでに限界が近いのに、ふたりからの責めが再開し、俺は追い詰められていく。

「じゅぷっ、ちゅぱっ……このまま、じゅぷじゅぷっ！」

「あむっ、ちゅぱっ♥　ちゅぷちゅぷっ♥」

「う、出る……」

俺が言うと、ふたりはさらに勢いを増した。

「ん、じゅぷじゅぷっ、じゅぱっ、ちゅぷっっ！」

「じゅぼぼっ！　じゅるっ、ちゅぱっ、レロレロレロレロレロ！　じゅるじゅるっ、ちゅぷっ、ちゅうぅぅぅっ♥」

「うぁ……！」

どびゅっ！　びゅくっ、びゅるるるっ！

俺はふたりのフェラ奉仕で、勢いよく射精した。

「んむっ♥　ん、ちゅぅぅっ！」

フォティアは先端にしゃぶりついたまま、射精中の肉棒を吸っていく。

そんな彼女のバキュームに吸い出されるようにして、俺は精を放っていった。

「わっ、すごいです……おちんちん、びくびく跳ねて……♥」

「んむっ、じゅぷっ、じゅるるっ！」

根元を咥えているネロアが言う最中も、フォティアは精液を吸い出していく。

俺はその放出感の気持ちよさに浸りながら、射精を終える。

「んくっ、ん、ごっくん♥　あふぅ、いっぱい出たね……」

「ああ……すごかったぞ」

俺は気持ちよく射精を終え、気だるげにうなずいた。

そんな俺を、フォティアが見上げる。

「ね、ファウダー」

そして彼女は、その手を陰嚢へと伸してきた。

「ファウダーのタマタマ、まだずっしりしてるね。精液、もっと出るでしょ？」

軽くそこをなでながら、問いかけてくる。

上目遣いの彼女が何を期待しているかは、すぐにわかる。

「そうだな」

だから俺は再びうなずいた。

そんなふうにおねだりされては、またすぐに滾ってしまう。

夜はまだまだ長いのだから。

●

その後も、彼女たちは俺へのアピールを続けていった。

最初の顔合わせや、それぞれの国を巡ったときとは違い、もうこれからは、正式に予定されたスケジュールというのはない。

自由にアピールしていくように、という感じだ。

姫ふたりが仲良くなることで、家臣たちにも気の緩みが出はじめている。

そんなわけで夜はともかく、昼間はふたり一緒に過ごすということも多くなった。

両手に花という、男としては最高の時間を過ごしている。

しかし、俺のことは置いておいても、一緒にいる時間が増えるにつれて、お姫さま同士の交流も必然的に増えていく。

横にいるのに、いつまでも俺を通して話すという訳にはいかないしな。家臣たちも独自の交流を増やしているようだし、もう人目を気にする必要はない。夜以上に、ふたりも心を許しあうようになっていった。

そうして交流を重ねる内に、彼女たちの考えも変わってきたみたいだ。

元々、ネロアは理想のお姫さまということで理性的だし、フォティアも親しみやすいお姫さまとして人付き合いは得意なタイプだ。

そのため、彼女たちの仲が良くなっていくのは、難しくないことだった。

争いが終わっても交流が途絶えたままで、相手の国については、記録から知るばかりだった両国。

しかし今回のことで改めて相手のことを調べ、よく観察したのだろう。

そうなると、聞いていた過去の話とはずいぶん違うということを、家臣たちも実際に体験できたというわけだ。だから、お互いに対する印象も変わってきている。

実際にそれぞれの王都へと出向き、相手国の良さを知る。

知れば知るほどに、護衛たちの態度も軟化していった。

そうなるともう、お姫さまふたりが仲良くなるのに、障害はほとんどなくなるのだった。

俺としても、ふたりが仲いいのは嬉しいことだしな。

いくら許嫁としての地位の取り合いとはいえ、ギスギスした中に放り込まれるのは辛いものがある。そういう意味では、互いの国に連れていったのは良策だったと思う。

それぞれの国に強みがあり、帝国を抜きにしても協力しあえる部分がきっとあるはずだ。

今回のことを機会に、両国が交流を持ってくれればいい。

しかしそれは、まだ難しいだろうのだろうか？

なにせ、今やっているのもある意味では、奪い合いなわけだしな。

俺がどちらを選ぶにせよ、どうにかできればいいのだが……。

俺はそんなことを考え始めるのだった。

●

共に過ごすことにも慣れ、俺たちは今日も三人でお茶を飲んでいた。

城の一室。

正式な応接間ではないため、互いの距離もそう遠くない。

三人で円形のテーブルを囲んでいた。

「そういえば、これまでは俺のほうの意見ばかりだったな。帝国に来て困ったこととか、気になることは、ふたりにはあるか？」

それぞれの国に出向き、戻って来てからしばらく経っている。

帝国での暮らしにふたりが慣れ始めた頃合いでもあり、緊張もとけて、生活の上でいろいろな面も見えてきたところだろう。

「基本的には、よくしていただいていますし、特に困ったことはありませんね。どちらかというと、知らずに何か失礼なことをしてしまっている、とかないでしょうか？」

ネロアはそう言って首をかしげた。

「いや、そういう話は特に聞かないな」

不評を俺の耳に入れるほどうかつな奴がいないだけ、という可能性もないではないが、基本的には悪い話など聞かない。

そもそもが大国のお姫さまという、大半の人間から見れば格上の存在だというのもあるだろう。共通認識としてのマナーは存在するが、上の人間に逆らってまで貫くようなものではない。

「あっ、あたしも！　やっぱり帝国のほうがいろいろときっちりしてるから、同じようにちゃんとしてるネロアはいいけど、あたしはいろいろなことが雑だと思われてないか心配」

「フォティアも、いい話ばかり聞くぞ」

「そうなの？」

ちょっと意外そうに彼女は言った。

「ああ。フォティアみたいに明るいタイプって、この城にはあまりいないからな」

帝国人がみんな暗い、というわけではもちろんないが、正式な場で明るく振る舞える人間がそう多くないのも確かだ。

これは気風の問題でもある。

そんな中で、外から来たフォティアが明るく振る舞うというのは新鮮で、まぶしいものだ。

「ふたりとも、気になるのは評判くらいなのか？」

「そうですね。生活面では、困ることってないです」

「そうだね。いろいろと新しい発見があって楽しいし」

「そんなものなのかな」

場所を移れば、いろいろと不便もあるかと思ったが……。

ふたりとも適応力が高いようだ。

思えば、それも当然なのかもしれない。

ネロアは元々、求められる清楚さを踏まえた上で、それでも優雅に振る舞える理想のお姫さまだ。

帝国に来ても基本は変わらず、誰にでも合わせることができるタイプ。

当然、こちらでも評判がいい。皇帝の妻としてならば、ネロアを推すという貴族は多いようだ。

そしてフォティアは、自然と人々の輪に溶け込んで、好意を集められる親しみやすいお姫さま。

厳密には帝国式のあれこれと合っていないとしても、その明るさや人の良さで、些細なことは気にならなくなる。

それでいて本格的にまずい部分だけはしっかりと回避してみせるので、悪い印象を抱かれることもない。彼女こそが、俺の性格に合っていると語る重臣たちも増えてきていた。

つまりは、俺の心配は杞憂だったのだろう。

ふたりとも問題なく帝国になじんでくれている。

「それなら、ひとまずはよかった。何か困ったことや、必要なものがあったら言ってくれ。故郷にあって、こっちにないものもあるだろうし」

「そうですね。気づいたことがあったら、お願いします」

ヴァッサールの新鮮な魚などはさすがに難しいが、日持ちするものならば王国からでも取り寄せられる。

旅行ならともかく、異国で暮らすというのはなかなかに疲れる部分もあるだろう。

ふたりにはなるべく、快適に過ごしてほしいものだ。

まあ一番のストレスは、やはりどちらが選ばれるか、という状況の気もするが。

そこをなんとかできればな。

すこし俺も動いている部分はあるが、決定的なところがまだだ。

俺は引き続き、その方法について考えるのだった。

ある夜、俺のほうからふたりを部屋に呼んだ。

当然、ふたり一緒だというのは告げてある。

「ファウダー様、失礼します」

「呼ばれるのは珍しいね、どうしたの？」

ふたりはそろって、俺の部屋を訪れた。

「ああ、せっかくだし、また三人で仲良くできれば、と思ってな」

「ふうん？」

俺の言葉に、フォティアは首をかしげる。

ネロアも、口にこそ出さないものの、俺の意図を考えている風だった。

なにせ今はまだ、どちらかの国から妻を決める、という勝負の最中だ。

お互いに歩み寄り、最近では随分と親しくなっているふたり。前のように、一緒にご奉仕してくれることもあるが、それを俺のほうから求めたのは初めてになる。

実のところ、この結婚がどちらか一方とのみ……となっているのは、両国のこれまでの仲のことがあって、帝国王室がそれをよしとしないから、だった。

妻同士にいがみ合われては困る。父王をはじめとした王室としては、不仲で足をひっぱられるのはよくない、という判断をしているに過ぎない。

ヴァッサール王国もイグニスタ王国も、そしてガルモーニャ帝国も、王室の在り方としては一夫多妻でもおかしなことではないのだ。

かつて争いが多かった時代の名残として、子を残すためにも皇帝の妻は多いほうがいい、ということにはなっている。

平和になった今では多くの子をなす必要性は低いから、この先は変わっていく可能性もあるが、ひとまず今の時代では、一夫多妻は当然のことというわけだ。

今のところは、この婚姻の後でまた帝国貴族から側室を……とまで言われているほどなのだから。

実際、もし両国の仲が普通であれば、今回だってはじめから、ふたりを妻に迎え入れる話で終わっていただろう。

今の、やや厄介な状態にあるのは、両国の関係が変わらなかったからだ。

しかし、ここ最近の彼女たちは普通に会話もしているし、なにも問題がないように思える。

近頃でいえば、家臣たちだってそうなのだから、変われないはずがない。

国自体がすぐには難しくとも、なんとかなるはず。

しかしもちろん、王宮内の出来事で終わってしまっては無理だ。

なにもしないままでは関係が改善していかないのは、ここ数十年でわかっている。

それでも、もう十分に争いの時代は過ぎ去っている。視察でも分かったが、国民たちにとっても、あくまで過去の出来事なのだ。きっと大丈夫だと思う。

俺のほうは、三人で過ごすことにまったく問題ないしな。

「ふたりも、お互いに交流しているだろう」

「あたしたちは、最初と違ってとてもいい感じだよ」

「はい。フォティアと話すようになって、印象も変わりましたし」

そう言って、彼女たちが俺の側に来た。

「この前、ふたりでご奉仕したときも、なんだかドキドキしましたね」

「ふたりでファウダーを責めるの、わくわくするよね♪」

「まったく……」

話がえっちな方向に戻ってしまった。そういう仲良しも悪くはないが……どんどん淫らになっていく気がするな。

美女ふたりから迫られるなんて、男冥利に尽きるのだから異論はないが。

「一緒のほうが、ファウダー様にも喜んでもらえたみたいですしね♪」

そう言って、彼女たちが両側から迫ってきた。そこで――。

「よっと」

「あんっ♥」

「ファウダー、んっ♥」

しかし今日は未来のためにも、俺の甲斐性を見せておく番だ。

仲の良さも大事だが、実際に俺がふたりを同じように愛して満足させられるということが、一夫多妻には重要な要素である。

相応の精力がないといけない。

というわけで俺は彼女たち抱き寄せて、ふたりの胸を同時に揉んでいく。

「あっ♥　もうっ……」

「ファウダー様、んぁっ」

むにゅむにゅと彼女たちの胸に触れる。

その大きさやハリに違いはあるものの、どちらも極上のおっぱいだ。

「ん、はぁ……」

「大きな手に触られるの、あっ♥　気持ちいいです……」

彼女たちは揃って、かわいい声を出していく。

俺はふたりの服をはだけさせ、その魅惑の乳房に直接触れていった。

「あぁっ……そんなに、んあっ♥」

「あふっ、わたしの胸、ん、はぁっ……」

「ふたりとも、敏感だな」

柔らかな双丘を楽しんでいると、甘い声が両耳に響く。

「ん、はぁ……」

「あんっ、んっ♥」

俺はそれぞれの手で、ふたりのおっぱいを楽しんだ。

これはかなり幸せな状況だが、最大限楽んでいるのはやはり、俺のほうになってしまうな。もっとふたりに尽くさなければ。

そんなことを考えていると、フォティアがキスをしてきた。

「んっ、ちゅっ……」

そしてそのまま体重をかけてくる。

「あっ、わたしも、んっ……♥」

するとネロアは、首筋へとキスをしてくる。

彼女も同様に体重をかけ、俺をベッドへと押し倒そうとした。

さすがにふたりがかりでは体重を支えきれず、俺はベッドに仰向けになった。

「ん、ちゅっ、れろっ……」

「ちゅっ、ぺろろっ……」

彼女たちはそんな俺に覆い被さるようにして、キスを続けていく。

「ファウダー様、ん、はぁ……♥」

そしてネロアの手が下へと伸び、俺の股間をまさぐる。

「ここ、反応してきてる♪」

フォティアもそれを真似て、股間へと手を伸ばしてきた。

「うっ……」

彼女たちの手はズボン越しに股間をなでて刺激し、次にはズボンを脱がしにかかってきた。

「今なら、わたしたちの息も前より合っていますよね♪」

ネロアが楽しそうに言いながら、俺のズボンを下ろしていった。

そしてふたりによって、下着ごと脱がされてしまう。

「あっ♥　勃起おちんちん出てきたね♪」

「もうこんなに硬いですね♪」

「うぉ、ふたりとも……」

彼女たちの手が俺の肉棒を左右から握ってくる。

「こうやって指を絡めて……」

「両側から、おちんぽを挟んで手をつなぐと……」

ふたりの手が肉竿を挟み込み、きゅっと握られる。

「ひとりで握るのとは、違う感じになるでしょ？」

「こうやって、しこしこー♪」

「おぉ……」

彼女たちはそのまま、手を動かし始める。俺は負けじと、ふたりのおっぱいを揉んでいった。

「あんっ♥」

「ファウダー様、んっ♥」

ふたりも艶っぽい声を出しつつ、肉竿をしごいていく。

「ん、しょっ……あっ♥　ふぅっ、んぁ……」

「なんだか、ん、こうして一緒にするの、すごく、んっ……♥」

「すごく……なんだ？」

ネロアに尋ねながら、胸に触れていく。

柔らかなおっぱいは、俺の手を受け入れてかたちを変える。

その極上の感触はやはりいいものだ。

「しーこ、しーこ……ふふっ、気持ちいい？」

「ふたりの手で、おちんちんしーこ、しーこ」

左右から囁《ささや》かれながら、肉竿を擦り上げられていく。

絡んだふたりの手は、ひとりで握るときとは違う当たり方をしながら、肉棒を刺激していった。

「ファウダー様、ん、ちゅっ♥」

今度はネロアが俺にキスをしてくる。

「じゃあ、あたしはここを、れろっ」

「うぉ……」

フォティアは、俺の乳首を舐めてきたのだった。

くすぐったさに思わず声が出る。

「ふふっ、どう？」

「いや、びっくりしたが、んぅ……」

「ちゅっ♥　れろっ……」

答えている最中にもネロアがキスを続け、舌を入れてくる。

俺はそんな彼女の舌を迎え入れて、愛撫していく。

「ん、れろっ……ちゅっ……んはぁっ♥」

反撃として、フォティアの乳首をいじっていった。

「あんっ♥　あ、そこ、ん、乳首、くりくりしちゃだめぇっ……♥」

彼女は甘い声を出していく。

くすぐったいだけの俺とは違い、フォティアの乳首は敏感みたいだ。

「あっ、やっ、ん、あたしも、れろろっ……！」

彼女は俺の乳首を小刻みに舐めてくる。

お返しに、テンポを真似ながら彼女の乳首を小さく刺激していく。

「あっ♥　ん、はぁっ……あふっ」

気持ちよさそうな声を出しながら、フォティアも手コキの速度を上げていった。

「あらあら♪　フォティアってば」

ネロアの手も、それに合わせて速度を上げる。

「くっ……さすがにふたりがかりだな」

ネロアは、乳首をいじられて感じているフォティアを楽しそうに眺めていた。

俺は油断するネロアの乳首も同時にいじっていく。

「あっ♥　ん、はぁっ……♥」

すると彼女も、かわいらしい声を漏らした。

「ふたりとも敏感なんだな」

俺はそんな彼女たちの乳首を交互に刺激していった。

「あっ♥　ん、はぁ……」

「あんっ、ん、はぁっ……♥」

腕の中で嬌声をあげていく、美しきお姫さまたち。

そのくりっとした乳首と、柔らかなおっぱいを楽しんでいく。

「ん、はぁ、あっ♥」

「ん、ふぅっ……♥　あっ、あぁ……」

そんな彼女たちも、手の動きを速めて肉竿を刺激してきた。

俺も、その気持ちよさに流されていく。

「あふっ、ん、はぁっ……♥　ガチガチのおちんぽ♥　ん、あたしたちの手でシコシコされて、あっ、んはぁっ♥」

「先っぽから、んっ♥　えっちなお汁、あふれてきちゃってます……♥　あっ、そこ、ん、あぅっ、だめぇっ……」

「う、あぁ……」

興奮していくふたりの手コキで、俺も限界が近づいていく。

三人でのプレイは、やはり彼女たちに分があるようだ。

「ん、はぁ、あぁ……しこしこ、しこしこっ♥　ファウダーのおちんぽ、先っぽ膨らんで、イキそうになってる♪」

「しこしこしこしこっ♥　ん、あぁ……♥　ファウダー様、ほら、ん、あぁ、わたしたちの手で、ぴゆっぴゅしてくださいませ♥」

「う、ふたりとも……」

俺は腰の奥から、こみ上げてくるものを感じる。

「あっ、ん、しこしこ、しこしこしこっ！　イって、ほらぁっ♥」

「せーし、出してくださいぃ、びゅーびゅー、びゅーっ♥」

「う、あぁ……！」

耳元で囁かれる淫靡さに耐えられず、彼女たちの手にしごかれながら俺は射精した。

「あっ♥　すごい、ん、おちんぽビクビクしながら、あっ♥」

「せいえき、びゅーびゅーでてますっ♥」

彼女たちは射精中も肉棒をしごき上げ、精液を根元から押し出していく。

俺はそんなふたりの手に導かれるまま、精液を吐き出していった。

「ん、いっぱい出たね……♥」

「すごいです、こんなに……れろっ」

「うぉっ……」

ネロアが濡れたままの肉竿の先端を舐めてきた。

射精直後の敏感なところを舐められ、思わず声が漏れる。

美女ふたりに奉仕されるのは、やはりいいものだな……と幸福感に包まれていた俺だが、このままでは終われない。

次は俺がふたりを、もっと気持ちよくさせる。それが今日の目的なのだから。

「ファウダーのここ、まだまだ元気だね。ん、しょっ……」

フォティアが俺に跨がってくる。

彼女は肉竿をつかむと、自らの膣口へと導いていった。

「ネロア、こっちに」

そこで俺は、ネロアを顔のほうへと呼び寄せる。

「ファウダー様、ん、恥ずかしいです……」

もうすっかりとえっちなことに慣れている彼女は、俺の意図にすぐ気がついた。

しかし、男の顔に跨がる、ということには恥ずかしがってしまうようだ。特に今は、目の前にフォティアがいるしな。

そんな恥じらう姿はかわいらしく、俺の欲情を掻き立てていく。

「大丈夫だから、ほら……」

「は、はい……失礼します」

そう言って、彼女は俺の顔を跨いだ。

「いい眺めだな」

「あぅっ……♥」

彼女は恥ずかしそうに声を漏らす。

しかし、見上げるおまんこはむしろ昂ぶっているようで、愛液をあふれさせていた。

「ほら……」

「あっ……んっ……♥」

促すと、彼女はそのまま腰を下ろしてくる。

濡れたおまんこが俺の顔へと近づいていた。

つるりとした割れ目は薄く口を開き、期待に蜜をこぼしている。

恥じらいながらも、その秘部を俺の顔にくっつけるネロア。

「ひゃうっ♥」

俺はその割れ目へと舌を伸ばす。

「んぁ、ああっ……♥」

濡れた秘唇を舐め上げると、彼女は声を漏らした。

その間にも下半身では、フォティアが腰を下ろしてくる。

肉竿がぬぷりと、おまんこに包み込まれた感覚があった。

「ん、はぁっ……あぁっ……♥」

俺の視界はネロアのおまんこで塞がっているので見えないが、全体が膣襞に抱擁されている。

「ん、しょっ……」

そしてフォティアがゆっくりと腰を動かし始めた。

「はぁっ……ん、ふぅっ、あぁ……♥」

お尻を上下に動かしながら、彼女が艶めかしい吐息を漏らしていく。

俺はその声を聞き、膣襞に肉竿をしごかれながら、目の前のおまんこを舐めていった。

「あふっ、ん、はぁっ……♥」

その刺激に、ネロアがエロい声を出す。

「あふっ、ん、はぁっ……」

「ん、あぁ、あぅっ……」

ふたりの美女を同時に抱く満足感はすさまじい。

「あっ、ふぅっ、んっ……♥」

フォティアが俺の上で、スピードを上げて腰を振っていく。

その度に膣襞が肉棒を擦りあげて、快感を伝えてきた。

その気持ちよさを感じながら、俺はネロアのおまんこへと舌を這わせていく。

「あふっ、ん、ああっ……！　ファウダー様、んあっ♥」

割れ目をこじ開けるように舌を忍び込ませながら動かすと、彼女がかわいらしい声をあげていく。

「ネロア……ほらっ♪」

「ひあっ！　あ、フォティア、んっ！」

フォティアの愛撫を受けて力が抜けたのか、ネロアがびくんと身体を動かし、そのおまんこを俺に押しつけてくる。

「んぁ、あふっ♥」

俺は口元に密着した膣穴の奥へと、さらに舌を伸ばしていった。

「んはぁっ♥　あっ、ファウダー様が、ん、ああっ……♥　わたしの中、あっ♥　そんなに舐められて、んぅっ！」

「んはーッ♥　あっ、んぅっ……ふふっ、ファウダーも興奮してきてるね。あたしの中で、ん、おちんぽがびくんって跳ねて、すっごく硬くなってきてるよ？」

言いながら、フォティアが腰を振っていく。

「ん、はぁっ、えいっ♥」

「あんっ！　あ、フォティア、だめっ、ん、はぁっ！」

フォティアがさらに目の前の胸を揉んでいるようで、ネロアが艶めかしい声で喘いでいった。

「あっ♥　ん、はぁっ、そんなに、あ、おっぱい、ん、ああっ！」

俺の上でふたりの美女がちちくりあっている、というシチュエーションもすばらしいものだな。

想像するだけで、精を漏らしてしまいそうだ。それを誤魔化すためにも、ネロアの蜜壺を熱心に舐め回していった。

「あっあっ♥　だめ、ですっ……♥　ん、はぁっ……！」

俺とフォティアのふたりに責められて、ネロアが喘がされていく。

「わ、わたしも、えいっ！」

「んくぅっ！」

ネロアも反撃に出たらしく、フォティアが嬌声をあげる。

それと同時に、膣襞がきゅっと肉棒を締めつけてきた。

「あぁっ♥　ん、はぁっ、あふっ！」

「あんっ、あっ、ん、はぁっ♥」

ふたりは俺の上でいじりあい、高まっていく。

もちろん俺もその刺激を受けて、同様に昂ぶっていった。

「んぁっ♥　あっ、ん、ふぅっ、あぁっ！」

「あぁっ……♥　あっあっあっ♥」

そんな彼女たちをもっと満足させるべく、舌を動かしながら、腰も突き上げていく。

「んはぁっ！　あっ、ファウダー、ん、おちんぽで♥　おく……こんこんするの……だめぇっつ
……！　あっあっ♥　ん、あふっ……！」

「ひうぅぅっ！　ファウダー様、そこ、あぁっ♥　敏感なので、ん、はぁっ！」

クリトリスを刺激していくと、ネロアも嬌声をあげる。

俺はそのままラストスパートをかけていった。

「あっあっ、イクッ！　ん、はぁっ！」

「わたしも、んぅっ、イっちゃいますっ！　ん。はぁっ♥」

ふたりが俺の上で同時に乱れていく。

俺は舌と腰を動かし、そんな彼女たちを刺激していった。

「んはぁっ♥　あっあっ♥　ん、くぅっ！」

「あぁっ♥　ん、はぁっ、イクッ！　んぁ、ああっ！」

ふたりは嬌声をあげ、相手にイキ顔を見られる羞恥も忘れて乱れてしまう。

「あっあっあっ♥　んぁ、あうっ、んはぁっ、イクッ、んぁ、あっ！」

「わたしも、んぁ♥　もう、んはぁっ、あっ、あぁっ！」

「ふたりとも、いくぞ！」

俺は舌と腰を突き出し、彼女たちを刺激した。

「んはぁっ♥　あっ、イクッ！　んぁ、イックウウゥウゥッ！」

「あぁっ！　あっあっあっ♥　んくぅぅぅぅっ♥」

彼女たちは淫らな声をあげながら、ついに絶頂した。

「あぁっ、ん、はぁっ……♥」

「あふっ、ん、あぁっ♥　んぁっ♥　あっ、まだイってるのに、おちんぽ……そんなに突き込まれたら、んあっ♥　あっ！」

俺はフォティアの絶頂おまんこに、まだまだ肉棒を突き上げている。

精液がこみ上げてくるのを感じながらも、その奥をかき回し続けていた。

「んはぁっ！　あっ、ん、くぅっ！　あっあっ♥　もう……イってよぉ……ファウダー」

「ああ、出すぞ！」

「んはぁっ♥　あ、きてっ♥　ん、ああっ！　きてきて♥」

どびゅっ！　びゅるるるるっ！

俺はそのままフォティアの膣内へと、溜め込んだすべてを射精した。

「んはぁっ♥　せーえき、あたしの中に、んぁっ、すごいのぉ、ん、あぁぁぁぁぁっ♥　あっ、ああ……♥　熱いの、出てる……」

中出しを受けて子宮を刺激され、フォティアは再びイったようだった。

膣襞がうねり、肉棒を締め上げる。

そこは貪欲に、精液を搾り取ってくるのだった。

俺はその膣肉の蠕動に身を任せ、精液を気持ちよく吐き出していった。

「あっ……♥　ん、はぁ……」

フォティアはうっとりと息を吐く。

しばらくして俺の上から降りると、ベッドへと倒れ込んだ。

「ファウダー様♥」

そんな俺を、顔から降りたネロアがのぞき込んだ。

「お疲れさまでした♪　がんばったおちんちん、お掃除フェラをいたしますね」

そう言いながら、四つん這いになって俺の肉竿を咥えようとするネロア。

確かに、それもいいかもしれない。

が、四つん這いで小さくお尻を振るようにしているネロアもまだ、発情しているようだ。

それなら……。

「ネロア、そのままでいてくれ」

「はい……？」

不思議そうにしながらも、言われたとおりのポーズで止まるネロア。

俺はそんな彼女の後ろへと回り込むと、そのぷりんとしたお尻をつかむ。

「あんっ♥」

そして先程のクンニでイって、十分に濡れてヒクついているおまんこに、肉棒をあてがった。

「んっ……ファウダー様、まだそんなに元気だなんて、すごいです……♥」

彼女の声には、期待がにじんでいた。

一度はイったとはいえ、それは舌先での奉仕でだ。

塗れた蜜壺はまだまだ肉竿を求めて、妖しく反応していた。

俺はそんな彼女へと、後から挿入していく。

「んはぁっ♥　あっ、んぅっ！」

潤んだまま悦びに震える膣襞が肉棒を迎え入れた。

膣襞は待ちかねたように、肉竿にみっちりと絡みついてくる。

「あふっ、ん、ファウダー様の、あっ♥　わたしの中に、んぅっ……！」

嬉しそうな声を上げるネロア。

俺は彼女のシミひとつない綺麗な背中を眺めながら、腰を動かし始めた。

「んはぁっ♥　あっ、んん、ふぅっ……！」

イかせた後ということもあり、濡れ方も十分だ。最初から大胆に腰を打ちつけていく。

「んはぁっ♥　あっ、ん、くぅっ！　すごい、中、ズンズン突かれて、んあはぁっ♥」

「ネロアの中、すごく締めつけてくるな。ほら、こうして動かすだけで……」

「んはぁっ♥　あっ、ん、あふっ！」

彼女はかわいらしい声をあげながら、簡単に乱れていく。

「あっあっ♥　ファウダー様、ん、はぁっ！」

俺は角度を変えたピストンを行いながら、彼女のおまんこをかき回していった。

「あぁっ♥　ん、ふぅっ、あうっ！」

蜜壷をかき回す卑猥な水音と、腰を打ちつける音。

そして彼女の嬌声が重なっていく。

「んはぁっ♥　あっ、ん、くぅっ！」

俺はペースを上げて、腰を振っていった。

「あっあっ♥　おちんぽ、すごいですっ！　中、んぁ、かき回されて、わたし、ん、あぁっ！」

ネロアは快楽に乱れ、エロい声をあげていく。

そんな姿に興奮が高まり、俺の腰も止まらない。

「んはぁっ！　あっ、ん、くぅっ♥　そんなに、んぁっ！　おまんこ、ズポズポされたらぁっ♥　ああっ、ん、くぅっ♥」

「うっ、ネロア……！」

その締めつけに、俺のほうもこみ上げてくるものがある。

「んはぁっ♥　あっあっ♥　ん、くぅっ！　ファウダー様、ああっ、わたし、もう、んぁ、イっちやいますっ♥」

「ああ、イってくれ！」

俺も腰の動きに、更なる加速を加えていった。

「んはぁっ♥　あぁっ！　イクッ！　あっあっあっ♥　んはぁっ！　ファウダー様のおちんぽ、わたしの中で、暴れて、ん、うぅっ！」

「うっ、俺もこのままイくぞ！」

「ああっ♥　きてくださいっ♥　わたしのおまんこに、んぁっ♥　ファウダー様の、子種汁っ♥　出してくださいっ！」

「くっ……おおお！」

俺は激しく腰を振り、彼女の膣内を往復していく。

きつく絞るような入口の収縮に耐え、熱い膣襞を擦り上げながら快楽にのめり込んでいった。

「んはぁっ♥　あっ、ん、くぅっ！　もう、イクッ！　あっあっあっ♥　イクッ、イクイク！　んはぁぁぁぁぁぁっ♥」

「う、出る……！」

彼女が絶頂したのにあわせて、俺もその膣内に射精していく。

「あぁぁぁぁっ♥　熱いの、んっ、びゅくびゅく出てますっ……♥」

絶頂するおまんこに中出しを受けて、ネロアの腰がぶるっと震えている。

「うっ……！」

膣穴が肉棒をしっかりと咥えこんで、絞りとってくる。

「んはぁっ♥　あっ、ん、ふぅっ……♥」

俺はそんな彼女の中に、精液をどくどくと注ぎ込んでいった。

「あぁ……ん、ファウダー様……♥」

うっとりと声を漏らしていくネロア。

俺もしばらくは、射精後の満足感で、ぼんやりとしていたのだった。


行為を終えると、彼女たちは俺の左右に寝そべった。

両手に花の状態で、俺も心地よく微睡《まどろ》んでいる。

「ずっとこうして、三人でいられたらいいな」

夢見心地で俺がそう言うと、彼女たちもうなずいてくれた。

「そうだね。せっかく仲良くなれたんだし」

「国同士が悲しい関係でなければ、それもできたんでしょうね」

フォティアは素直に答えたが、ネロアは残念そうにしつつも諦めの色が見える。

「それなんだが……」

俺は彼女たちに、話を続ける。

「ふたりはお互いの国を訪れて……そして相手国の人もと接してみて、どう思った？　今でもやはり、相容れない感じがしたか？」

彼女たち自身が仲良くなっても、国民全体がいがみ合っていたら、上手くいかない。

しかし、俺の目にはそう見えなかった。

だが、俺は帝国の人間であり、あくまで当事者ではない。

だから感じ取ることの出来なかった空気……というのがあるかもしれない。

そう思って尋ねたのだった。

「ううん。あたしは、話に聞いていたのと違って、全然普通だなって思った」

フォティアは意外そうに答える。

「わたしも、イグニスタの人々から気さくに接してもらって驚きました」

彼女たちから見ても、やはり実際に会った人々は、噂で聞いていたような悪い相手ではなかったらしい。

もちろん、今回の訪問では万が一のことがないよう、信頼できる視察先——相手国への過激な思想を持たない人々——が選ばれてはいただろう。

しかしそれでも、お互いへの遺恨が根強く残っていたなら、わずかでも出てしまうはずだ。

だが、彼女たちがそれを感じていないということは、少なくとももう今の世代は、以前ほど引きずっていないということだろう。

「やっぱりそうか……それなら——」

俺はふたりに、没交渉である二ヶ国の国交を復活させる気はないか、という話をした。

最初だけはまた帝国を挟んで、という形になるだろうが、これまでの状態からはかなり前進する。

というのも俺は、帝国にとっての利益以上に、互いの国は得手不得手を補い合うことで良い結果を生むことができる気がしたからだ。

イグニスタでは海産物がとれないし、ヴァッサールでは鉱石の産出量が少ない。

今はそれぞれの強みを活かして国を発展させているが、いずれは発展そのものが行き詰まる。

不足するものをお互いに得られるなら。それに越したことはない。

ヴァッサールとイグニスタは、距離的にもかなり近い国だ。

直通の街道などの環境さえ帝国が整えてやれば、貿易はスムーズに行われるだろう。

たとえ必須でなくても、それによって得る利益は、かなり大きいはずだ。

「たしかにそうですね……」

「まあ、ふたりが架け橋になるよう、表に立って引っ張れるならって話ではあるが」

「あたしの話なら、そこそこ聞いてくれそうな人たちはいるかな」

「ヴァッサールは交易の国ですから。利益をしっかりアピールできれば、特に若い貴族や商人たちは乗ってきやすいかもしれません……」

ふたりはそんな風に言った。

「それに、そうすればもう争わなくても、ファウダーのお嫁さんになれるんだよね」

「むしろ、そこも必須になってくるところだけどな」

帝国の介入は、これまでの没交渉を覆すための大きなパワーだ。

それに、あまり積極的には賛同できない層にとっても「帝国が言ってくるなら逆らえない」という言い訳にもなるだろう。

それぞれの教会も探ってみたが、どちらも過激派みたいなものは、ほぼいない状態だった。

特にトップ層は争いを望んでいない。一部の司祭に密かに打診してみると、帝国と事を構えるよりも、言い訳さえあるならそれも悪くない、というスタンスだった。

それもあって、俺は結構スムーズに上手くいくのではないかと思ったのだ。

「連れてきた高官たちに、さっそく相談してみますね」

ネロアは明るい表情で言った。

「ネロア、ちょっと変わったよね」

フォティアが楽しそうに言うと、彼女は少し顔を赤くした。

「そう、でしょうか……？」

「だってファウダーのお嫁さんになれるって話で、こんなに嬉しそうにしてるし」

からかうように言うフォティアに、ネロアは頬を膨らませた。

「そ、それはフォティアが最初から好意だけを前面に押し出していただけで……わ、わたしだって、嫌な相手と政略結婚しようなんて思ってません」

「ふうん……なんか最初よりずっと好き好きオーラ出してくる気がするけどな……」

「も、もうっ……！」

俺を挟んでじゃれ合っているふたり。こういう時間がこれからも続けられるように、二国が仲良くなってくれるといいな、と思ったのだった。

いざ動き出してみると、事態は急速に進展していった。

それだけ帝国の影響力が大きい、ということもあるが、やはり何かしらのきっかけを求めていた人も、それなりにいたということなのだろう。

或いは、それだけ彼女たちの人気が高かった、ということかもしれないな。

ともあれ、帝国側から発表された両方を嫁に迎える予定だという方針と、自国への利益を説いた彼女たちの働きかけによって、これまで断絶していたヴァッサールとイグニスタに動きが現れたのだった。

国交を回復させることを検討する……というところまででも、かなり時間がかかるかと思っていたので、この早さは予想外だった。

もちろん、では具体的にどのように、という点はまだまだこれからなのだが、話し合いに積極的だというのが大きい。

そんなわけで、当初の懸念や予想はなんのその。

帝国を挟んだ両国によって、事態は良い方向に動いていたのだった。

俺はといえば、もちろんお姫さまふたりに囲まれるハーレム生活を続けることになっている。

両国が交流を再開する最も大きな要因は、帝国が両方のお姫さまを娶ることにしたことだ。

つまり俺たちは対外的にもそのイチャイチャっぷりをアピールし、三ヶ国の仲の良さを示していかなければならない。

まあ、俺としては得なことしかないわけだが。

なにせ、ふたりの美女に囲まれるのは嬉しい。彼女たちだって、すでに勝負ではなくなったこともあって、無理することなく一緒にいられるのだ。

やはり勝負の最中だったころは、仲良くなったといっても、どこかで勝ち負けが頭をちらついてしまう。その緊張感を取り去ることはできないだろう。

しかし、今は違う。

例えば片方とだけ過ごす時間が増えたとしても、もうひとりがすぐにその分を取り戻そうとする必要がないのだ。

無理をせず、いられるときに一緒にいればいい。それで全員が幸福だ。

その安心感は、俺自身の安らぎという意味でも大きいものだった。

「選定中のときみたいに、他にはなんにもせず、ずっと一緒にいればいいって訳にはいかなくなっちゃったけどね」

家臣団との話し合いを終えて戻ってきたフォティアが、そう言いながら俺の横に座った。

「おつかれ」

「ん。でもこうやって、一緒にノンビリできるのは、やっぱりいいね」

彼女は足をぱたぱたと動かす。

「もう、競う必要がないからな」

「この先も、ずっと一緒だもんね」

うっとりと言いつつ、彼女はこちらに軽く寄りかかってきた。

触れ合った場所から、彼女の温かさが伝わってくる。

そんな風に穏やかな時間を過ごしていると、同じく話し合いを終えたネロアがやってきた。

「おふたりとも、お疲れさまです」

俺を挟んで、フォティアの反対側へと腰掛ける。

「ネロアもお疲れ」

「新しく街道を作ることになって、内陸への輸送が楽になるのは、すごくいいですね」

彼女は、現在進んでいる新しい道路計画の会議を終えたようだ。第一王女でもあったネロアは、様々な方針にも発言権を持っている。

「ああ。あれは帝国としてもかなり便利だからな」

今まではヴァッサールとイグニスタの親交がなかったため、商人たちは本来ならば通る必要のない、帝国内にある交易都市を一度経由していた。

しかし外交が復活した今なら、帝国領を突っ切るかたちで、ほぼまっすぐに繋ぐことができる。

帝国の街にはデメリットが大きいし、実際に宿泊産業や中抜き業者については、その部分の利益が損なわれる。だが、そもそもが無駄な経由なので、利益自体もそう大きなものではなかった。

帝国全体としてみればむしろ効率が上がり、新たな地域が発展するほうが利益が大きい。

そして単純に、道が増えて便利だ……という話でもあった。

「大きな街道を作ること自体、国民は大いに盛り上がりますしね」

そんな真面目な話や、あるいは他愛もないことを話していく。

彼女たちと過ごすそんな日々が、どんどん当たり前になっていくのだった。

●

ある日、風呂に入っていると、外で人の気配がした。

磨りガラスの向こうの、麗しいシルエット。

(……フォティアか?)

そう判断すると、彼女が浴室に入ってくる。

「やっほ……って、わっ、気づいてたの?」

「ああ。映ってたしな」

そう返しながら、彼女を眺める。

タオルで軽く前を隠しているものの、その抜群なプロポーションがあらわになっている。

「むぅ、驚かせようと思ったのに」

すねて見せるのは、彼女に似合っていてかわいらしい。

が、そんなちょっと子供っぽい反応に反して、魅力的な身体が欲望をくすぐる。

「ま、いいや。背中、流してあげようと思って♪」

すぐに機嫌を戻したフォティアが、そう言って近づいてきた。

身体を重ねることが当然になってはいたものの、こうして風呂に乱入してくるのは初めてだ。

元々、次期皇帝ということもあり、風呂場や寝室などの無防備になりやすい場所は警戒されていることが多いからな。

しかし、候補から正式な許嫁へと関係が変わったからなのか、もうフォティアに対する警戒はすべて解かれている。

だからこうして風呂にも入ってこられる、というわけだ。

まあ、元々お妃候補の時点で寝室には入れるわけだし、その点ではあまり変わらないか。

さすがに、毎日代わる代わる風呂に突入されていたら、安らげないけれどな。

ともあれ。

フォティアは俺の後ろに回ると、石鹸を泡立てていく。

「それじゃ、洗っていくね♪」

「おう、たのむよ」

彼女はまず、泡だらけの手で俺の肩や腕をなでるように洗っていく。

「ん、しょっ……」

少しくすぐったいが、気持ちがいい。

しっかりと洗うのとは違う、どちらかというと癒やしに傾いた洗い方だ。

「こうやって洗ってると、ファウダーの身体ってやっぱり男の人なんだなぁって、改めて思うよ」

「そうかな……？」

自分ではあまりわからないことだ。あとは、俺の周りにいる男性は、護衛をしてくれる一流の騎士が多い、というのもあるかもしれない。

プロとして鍛え上げられた彼らに比べれば、ちょっとした護身術程度の心得しかない俺は、貧弱なイメージになる。

とはいえ、一応最低限には動けるようにしているわけで、女の子と比べればそうなのかもしれないな。

彼女たちにも騎士はついているが、その身体に触れる機会なんてないだろうし。

「ん、ふぅっ……」

そんなことを考えている内にも、彼女は俺の身体を洗っていく。

「それじゃ、次は背中を……」

フォティアはまた新たに泡を作ると、俺の後ろで動いた。

「ん、しょっ……」

むにゅんっと柔らかな感触が背中に伝わってくる。

「あふっ、このまま、ん、洗っていくね」

そう言って、彼女は動き始める。

むにゅっ、ふよんっとおっぱいが俺の背中を柔らかくなぞっていった。

「ふぅ、んっ……」

耳元からは、彼女の艶めかしい吐息が聞こえてくる。

「んぁっ……」

たゆんっとそのボリューム感をアピールしながら、俺の背中を擦っていくおっぱい。

「ファウダー、ん、どう？　気持ちいい？」

「ああ、すごくいいぞ」

おっぱいで背中を流されるのは、きれいにするという点ではあまり効果的ではないかもしれないが、シチュエーションとしてはエロくてよかった。

「んぁ……はぁ、んっ……♥」

彼女はそのまま、おっぱい洗いを続けていく。

「あっ……ん、ふぅっ……」

胸を俺に押しつけ、擦っているということもあり、彼女のほうもだんだんと感じてきているようだった。それを想像するのがまたエロくて、最高だった。

「あぁ……ん、しっかりと、んっ……大きな背中を、ん、しょっ……」

もにゅんっ、ふにゅっとおっぱいが背中を刺激していく。

フォティアのおっぱいの良さを再確認しながら、その気持ちよさに浸っていった。

「あふっ、ん、はぁっ……あぁ……♥　こうやって、ん、泡のぬるぬるで、滑らせるように……ん、あぁっ……♥」

「フォティアも十分、気持ちよくなってるみたいだな」

色っぽい彼女の声を背中で聞きながら言うと、フォティアが恥ずかしそうにした。

「あぅっ……だ、だってこれ、ん、はぁ……♥」

「乳首、立ってるのがわかるぞ」

「あぅ……♥」

柔らかおっぱいの中に、つんと少し硬いものが感じられる。

こすりつけていたことで、自分も感じたのだろう。

「あっ♥　ん、はぁ……」

彼女は恥ずかしそうにしながらも、変わらずにおっぱいで背中を洗っていく。

「はぁ……あぁっ、ん、ふぅっ……」

俺はそんなおっぱい洗いを、心から楽しんでいった。

「あふっ、ん、乳首、こすれて、あぁっ……♥」

彼女は艶めかしい声を、俺の耳元で漏らしていく。

「んぁっ……あっ、ん、ふぅっ……」

柔らかなおっぱいと硬めの乳首が、刺激のコントラストになって心地いい。

「あっ、ん、はぁっ……あぅっ……」

さらには、だんだんと感じてきているフォティアが、俺の背中でオナニーをしているみたいになっていることにも、とても興奮した。

「ん、はぁっ、ああっ……ファウダー、ん、このまま、前も洗うね……」

「ああ」

期待でうなずくと、彼女は泡だらけの手を前に伸ばし、俺の胸板を洗っていく。

「ん、はぁっ……ふぅっ……♥」

その手つきはもう洗うというよりも愛撫であり、密着したことでますます、耳元にエロい吐息が聞こえてくる。

そんなご奉仕を受けていると、俺のほうもムラムラとしてしまうのだった。

「んぁ……♥　あっ、ん、ふぅっ……胸から、お腹にかけて……ん、はぁ……♥　しっかりと洗って……んん♥」

彼女の手で、前側もすぐに泡だらけにされてしまう。

フォティアはそのまま、泡まみれの手をさらに下へと動かした。

「ここも、んっ♥」

「うぉ……」

泡だらけの手が、きゅっと肉棒を握った。

「あぁ……ファウダーのここ、もう大きくなっちゃってる……♥　ん、はぁ……熱くて硬いおちんぽ♥　ん、あぁ……」

「フォティア、う……」

彼女の細い手が、ぬるぬると肉棒を擦ってくる。

柔らかなおっぱいを背中に押しつけながら、泡まみれの両手で肉竿を擦り上げられていた。

その状況はとてもエロく、俺の昂ぶらせていく。

「あぁっ♥　ん、はぁっ……こんなに大きくして、ん、ふぅっ……ここは大事なところだから、んっ♥　ちゃんと洗わないとね♪」

「う、あぁ……」

彼女は楽しそうに言いながら、肉竿を泡まみれにしていじってくる。

「ほらぁ♥　硬ぁいおちんちんをしっかり擦って、んっ♥　この、傘の裏っかわのところも、こすこす♥」

「う、おぉ……」

彼女の指先がカリ裏を刺激してくる。

細い指がぬるぬるきゅっきゅと敏感な場所を刺激するので、俺は思わず声を漏らす。

「んっ♥　気持ちいいみたいだね♪　おちんぽ、ぴくんって反応したぁ……♥　あふっ、この先っぽも、掌《てのひら》でしっかり、なでなでー♪」

「フォティア、それ、あぁっ……！」

彼女は泡だらけの手で、くるくると亀頭をなで回してきた。

「かわいい先っぽ♥　ん、こうやってお手々でしっかりと、ぬるぬる、なでなで……」

胸と比べれば少しざらっとした掌が、亀頭をなで回して刺激してくる。

その強い刺激は、思わず腰を浮かせてしまいそうなほどだ。

「なでなで、しゅっしゅっ♥　おちんちん、かわいい♥　こんなにガチガチで逞しいのに、んっ♥」

「う、あぁ……」

彼女の亀頭責めに、ゾクゾクとした快感が湧き上がってくる。

「ぬるぬるのおちんちん♥　ん、先っぽから、んっ、泡とは違うお汁も出てきてるよ？　ほら♪」

彼女は鈴口に触れると、我慢汁をすくいとった。彼女の細い指に先走りが糸を引く。

「ちゃんと洗わないとね、ぬるぬるっ、しゅっしゅっ」

「う、フォティア、あぁ……！」

彼女はさらに、先端を中心にチンポをなで回し、いじってくる。

「ん、しょっ……ふふっ、どんどんぬるぬるが出てきちゃうね♪」

楽しそうに言いながら、肉竿をなで回していくフォティア。

俺の吐精欲が増していく。

「ぬるぬるっ、しっかり出して、すっきりしちゃおうか？　ガチガチのおちんぽを、んっ♥　泡まみれの手でしっかり握って……」

彼女は片手で亀頭をなで回し続けながら、もう片方の手でしっかりと根元を握った。

そして、射精へと導くように手を動かしていく。

「しこしこっ♥　ぬるぬるっ、しこしこしこしこっ♥　泡まみれのおちんぽ♥　気持ちよくなっちゃえ♥」

「フォティア、もう、うっ……」

俺が言うと、彼女はさらに手を動かして、肉竿を責めてきた。

「あはっ♥　しこしこっ♥　太いおちんちん、こうやっていっぱい擦り上げて、んっ♥　あぁっ！」

「う、おぉ……だから……もう」

それでも、彼女の手が肉棒をしごきあげていく。

泡で滑りのよくなったそこを容赦なく擦り上げられ、俺は限界を迎えた。

「ああっ♥　おちんぽ、先っぽがふくらんでっ、ガチガチの竿をしこしこって擦られて……おちんぽ、イクの？　おちんぽイっちゃう？」

「ああ、もう、出るっ！」

「しこしこしこしこっ♥　ぬるぬるの手で搾り取ってあげる♪　おちんぽイケ♥　ほら、びゅー、びゅー♪」

「ああっ！」

俺は彼女の手に擦り上げられるまま、射精した。

「あはっ♥　すっご……。んぁ……♥」

肉棒が跳ね、精液を吹き上げていく。

「おちんぽビクビクしながら、精液飛ばしてるね♥　すっごい勢いで、びゅーびゅーって出てるよ……んっ♥」

彼女は射精中でも肉棒をしごき上げて、精液を搾り取っていった。

泡まみれの浴室に、白い塊のような精液が飛び出していく。

「あぁ……♥　いっぱい出たね……♥」

嬉しそうに言いながら、肉竿をなで回してくる。

「ん、それじゃ、出しちゃった分も合わせて、ちゃんと洗って……♥」

「うぉ、今はそんなにいじられると……」

彼女は再び、射精直後の敏感な肉竿を泡まみれの手で洗ってくる。

今度は一応、さきほどまでの愛撫とは違って、洗う意思がある。しかし、出したばかりの今の俺にとっては、そうともいかない刺激だった。

「あんっ♥　出しても硬いままで、んっ……」

「そりゃ、いじられてたらな……」

このまま身を任せるのも、もちろん気持ちいいだろうが、俺の欲望はさらに膨らんでいた。

「フォティア……」

「ん？　どうしたの？」

「次は、フォティアの中で、しっかり洗ってくれ」

俺が言うと、彼女はうっとりとしながらうなずいた。

「う、うん……それじゃあ……」

彼女は改めて俺の肉棒を見つめて……言った。

「次はあたしのおまんこで、んっ♥　このガチガチおちんちん、いっぱいこすってきれいにするね」

「ああ、そうしよう」

俺はうなずくと、一度立ち上がる。そしてまずはお湯で全身の泡を流していった。

「フォティアは、そこに手をついてお尻をこっちに向けてくれ」

俺は大きな鏡の前の壁を指差して言った。

「ん、わかった……」

彼女は素直にうなずくと、壁に手をついて、そのぷりんっとしたお尻を突き出す。その下では、フォティアのおまんこがもうしっかりと濡れて、肉棒を求めるかのように薄く口を開いていた。

「フォティアのここ、お湯じゃないものでぐしょぐしょだな」

「んっ……♥　だ、だって、ファウダーにおっぱいこすりつけて、おちんぽも触ってたんだもん……期待して、挿れてほしくなっちゃうよ……♥」

そんな風に言うフォティアはとてもかわいらしく、俺の欲情を煽ってくる。

俺はその滾りのまま、剛直を膣口へと押し当てた。

「いくぞ」

「うん、きて……♥」

俺は彼女のおまんこに、肉棒を挿入していった。

「んはっ♥　あっ、んぅっ……」

熱い膣内が、ぬぷっと俺を受け入れていく。

「あぁ……おちんぽ、入ってきたぁっ……♥」

濡れた膣襞《ちつひだ》を亀頭で擦りながら進むのは、とても気持ちがいい。

「あっ、ん、はぁ……」

壁に手をついたフォティアは、やや屈んだ体勢だ。その真っ白な美しい背中を眺めながら、俺は腰を振っていった。

「んぁっ♥　あっ、ふぅっ、ん、はぁっ……♥」

ねばりつくような熱い膣襞を擦り上げ、往復していく。

「んはぁっ♥　あ、ファウダー、んっ！」

浴室ということもあって、フォティアの声がよく響いた。

彼女は鏡の前に手を突いて、俺に貫かれるまま感じている。

「あふっ、ん、はぁっ……♥　あぁ、おちんぽ、あたしの中をいっぱい、ん、はぁっ……」

俺は後背位で腰を振りながら、鏡越しにフォティアの顔を見てみた。

「んはぁっ♥　あっ、ん、くぅっ……」

浴室に嬌声を響かせながら、快楽に緩む彼女。それはとてもエロく、俺を興奮させる。

「ああっ♥　ん、はぁっ、あっ、んくぅっ！」

本来なら、この姿勢では見えない光景だというのも、のぞき見をしているような背徳感があるものだった。

「んぅっ、あっ、はぁっ、あぁっ！」

後ろから突かれて感じているフォティアの表情と、ピストンに合わせて揺れる大きなおっぱいを、鏡ごしに楽しんでいく。

「あっあっ♥　ファウダー、ん、はぁ……！」

乱れる彼女の姿はエロく、俺を昂ぶらせる一方だ。こんなに最高の状態のフォティアが、自らの痴態に気づいたら、もっとかわいくて興奮してくれるのではないだろうか。そう思い……。

「フォティア、すっごくえっちな顔をしてるな。ほら……」

俺はそう語りかけながら、わかりやすく鏡をのぞき込む。

それにつられて横を向いた彼女は、自分の表情に見入って羞恥で頬を赤くした。

「あっ、だめぇっ……こ、こんなえっちな顔、あたししてない、ん、はぁっ♥」

とろけた顔で、エロい声をもらしながら、おっぱいをゆさゆさと揺らしている。

それは本人からしても、ドスケベな光景だろう。

「ああっ♥　ん、くぅっ！」

その姿に昂ぶったか、羞恥によってか――おまんこがきゅっと締まり、肉棒をさらに求めてくるようだった。

俺はその期待に応えるためが半分、かわいすぎる姿に我慢できなくなったというのが半分で、ピストンの速度を上げていく。

「んはぁあっ！　あっ、ん、くぅっ♥」

彼女は嬌声をあげ、鏡で自分の姿を見ながら感じていく。

「ああっ♥　だめ、ん、はぁっ！　そんなに突かれたらぁ♥　あたし、ん、くぅっ！　あぁ、はぁ、

ああっ……♥」

「いいぞ、たくさん感じて、エロい姿をもっと見せてくれ」

「そんなの、んぁっ♥　あっ、だめ、ん、くぅっ！　あたし、イクッ！　んはぁっ、あっ♥　イクッ、イクゥッ！」

彼女が嬌声をあげ、乱れていく。映る姿とダブルで、淫らな痴態を堪能できるなんて最高だ。

蠕動する膣襞も、精液を求めるかのように肉棒を締め上げてきていた。

「ああっ♥　ん、はあっ、ああっ！」

俺は鏡の中でも悶えるフォティアの姿を見ながら、ラストスパートをかけていった。

「んはぁっ♥　あっ、ん、イクッ！　あっあっあっあっ♥　ん、はぁっ、あぅっ！　イクイクッ！　イックウウゥウゥウゥッ！」

「う、出すぞ！」

フォティアが絶頂し、膣襞が絡みついてくる。

俺はその膣奥へと、ぐっと肉棒を突き入れながら射精した。

「んはぁっ♥　あっ、ああっ！」

中出しを受けて、彼女がさらに嬌声をあげていった。

うねる膣襞に搾り取られながら、精液を注ぎ込んでいく。

「ん、はぁっ……♥　あぁ……」

俺はそんな彼女を支えるようにしながら、精液を最後まで膣内に出し切った。

「ん、あふっ……♥」

そしてそのあとは、一緒にしっかりと湯船に浸かり、温まったのだった。

●

三つの国を繋ぐ象徴として、姫であるネロアとフォティア、そしてふそのたりに囲まれる俺、という図式が出来上がった。だからそれを国民たちに見せるため、それぞれの国を訪れることも増えていた。

今回は水の国ヴァッサールに三人で顔を出し、いくつかの話し合いをしつつも、地方都市に赴いてのアピールなども行っていった。

そして再び王都に戻ってきた俺たちは、ヴァッサールの城での、数日の休暇を過ごすことになっていた。

都市を何ヶ所か巡って移動が続いたあとだ。帝国に戻るためには、また数日の移動が必要となるから、一休みだ。

街道は整備されたが、なんだかんだで、やはりまだまだ国家間の移動というのは難儀なものだ。

特に、王都や帝都は比較的守りに適した場所にある——つまりは、隣国と接していない場所にあるため、国をまたぐ移動は大変なのだった。

馬車より速い移動手段というのが、ほぼ無いからな。

ともあれ、だ。

そんなわけで数日間はヴァッサールの王城でくつろいで過ごし、また次の移動に備えるわけだが、実際に馬車を操ったり護衛を務めたりする従者と違い、俺たち自身はそう疲れることをしていたわけではない。

もちろん馬車に揺られる疲労はあるが、何日も英気を養わないといけないほどでもない。

そのため、若干体力を持て余しそうだ。

そんなことを考えていると、部屋に来たネロアに誘われ、俺たちは街へと繰り出すことになったのだった。

「またこうやって、ファウダー様と王都を歩けるのは、嬉しいです」

視察だった以前よりもかなりラフな外出のため、護衛も少なく、今は距離をとってついてきている。そのため、誰かに俺たちだと気づかれさえしなければ、普段に近い状態の街中を楽しめる。

「たしかにあのときは、また来られることを約束できる状況じゃなかったしな」

どちらをお嫁さんとして迎え入れるか、まだ決まっていなかった。

ネロアを選べば、こうして王都を訪れる機会を作ることはできただろうが、フォティアを選んでいたなら、再訪はまずなかっただろう。

結果としては、ふたりと共にヴァッサール、イグニスタの国交を復活させることが出来た。

その成果として、想定よりもずっと多くの回数、両国を訪れることになったのだった。

もしどちらかと結婚しただけなら、ここまで俺が出向くことはなかっただろう。

帝国側としては、挨拶はすべて呼びつける形だろうしな。

これといって才気溢れる皇帝というわけでもないだろう俺は、そうなってもなにもせず、帝国ではほとんどお飾りの存在になるはずだった。

むしろそうすることで反発も生まれず、政治はつつがなく進んだだろう。

無難な皇帝として生きていくのに、俺としても問題はない。

これといって歴史に名を残すこともなく、有能でも無能でもない、存在さえいつかは忘れられる平凡な皇帝。

それは平和の象徴として、そう悪いことでもないはずだ。

だから、俺はそのつもりだった。

それで納得していたし、それが自分にはふさわしいと思っていた。

しかし彼女たちに出会って——。

今では、長らく交流のなかった二ヶ国の間に立ち、精力的に動く皇帝となっていた。

……正確には、まだ皇帝ではないのだがな。

両国の交流がこのまま上手くいけば、けっこうな偉業として残るだろう。

まあ、歴史のことなんて俺が考えても仕方ないが。

俺にとって重要なのは、予定していたような平和な時代にふさわしい皇帝というルートからは、完全に外れたということだ。

もちろん、後悔している、なんてことはない。

彼女たちといられることを考えれば、それでよかったとも思う。

ただ、俺自身も少しは意識を変えないといけない……ということだ。

うっかりすると、ただ単に美しいお姫さまふたりを嫁にもらって、ただ手を出しただけのダメ皇帝ということになってしまう。

実際、いまのところはまだ、それで間違っていないのだから。

「ファウダー様？」

歩きながらそんな考えに耽る俺の顔を、ネロアがのぞき込んできた。

羽織った外套《がいとう》こそ街中に溶け込むように地味にしているが、相変わらずかわいらしい姿で、突然そんな風に見つめられると、ついつい見とれてしまう。

「どうかされましたか……？　って、そんなに見られると恥ずかしいですっ」

自分からのぞき込んできたネロアなのに、顔を赤くすると一歩離れた。

そんなところも、ますます愛らしい。

「街の中心から離れると、地形や建物も複雑になってくるな」

俺は周囲を見回しながらそう言った。

「そうですね。水を引く都合もありますが、いろいろ建て増ししたほうが便利なことが増えてきたのが、理由として大きいみたいです」

城の周辺はかなりきっちりと区画が別れていて、それはそれで美しい町並みだ。だがこうして、やや複雑な状態だというのも、この国ならではの特徴があって面白い。

それでも水路が起点にあるからか、やはり帝国を始めとした多くの街よりは、きっちりとした印象を受ける。

「あっ、ここ とか、結構いい裏道なんですよ」

ネロアはそう言って、建物の隙間にある細い道を指さした。

「なんだか懐かしいです」

「懐かしい？」

「はい」

一見すると、お姫さまが通る道ではない印象だ。

しっかりと舗装はされているものの、細い路地は大通りとは違う。

なんというか、せいぜい地元民が近道のために通るとか、そういう小道みたいな感じだ。

「なにか、変わったところに繋がっているのか？」

俺が尋ねると、彼女は首を横に振った。

「いえ、特にどこに繋がっているということもないのですが……」

彼女はその路地に目を向ける。

「それに、さほど時間の節約になるわけでもないのです。だから、人もほぼ通らないですし」

「そうなのか」

だとすればなおさら、なぜそこが気になるのか、という感じではある。

「でもこういう道って、特に子供の頃は、なんだかワクワクしませんか？」

「ああ、なるほど」

ネロアはお姫さまであり、そう言ったものとは基本的に縁がない……と思っていた。

そういうのは、お姫さまとしてはだいぶお転婆だった、フォティアのような女の子だけなのかと。

しかし、ネロアにもそんな子供時代があったのだろう。

たしかにこういった場所は、ちょっとした冒険気分になれるからな。

「実は小さい頃は、メイドと一緒に、ちょくちょく城を抜け出していたんです」

「……なんだか意外だな」

ネロアは国内で、おとなしく穏やか、理想的なお姫さま、といわれているような存在だ。

そういったやんちゃなイメージは、あまりなかったのだが……。

貴族であっても子供の頃なら、そのくらいの自由を求めるのは、不思議でも何でもないが。

「なんだか懐かしいですね」

「どうせなら、ちょっと入ってみるか？」

俺は路地を見ながら言った。

じっさいのところ、危険なんていうものはほとんどないと思う。

特にこの王都は治安も良く、こういった裏路地のようなところに入っても、犯罪に巻き込まれるようなことは起こらないと聞いている。だからこそ護衛たちも、この散歩を放っておいてくれているのだ。

特に問題はないだろう。一応、俺も最低限の護身はできるしな。

路地に入るくらいは問題ない。そう思って、遠くの騎士に合図する。ついてくるな……と。

「そうですね……それならちょっと」

そうしてから、彼女と路地に入ることになったのだった。

「昔も、なんだか抜け道っぽくてドキドキしましたが、いま通ってみると、かなり狭い道ですね」

「ああ。すれ違うのも難しそうだ」

一応、まったくの無理ではないが、基本的には一人分にちょっと余裕がある程度の道幅だ。

「所々、スペースが大きなところもあったはずですよ。あ、ほら」

そう言ってネロアが横にずれる。

そこはちょっとした空間になっていて、これまでが細い道だったからか、開放感があった。

「この先はまた、同じような道ですけどね。ちょっとずつスペースが余ってるみたいです」

「多分、建築的な都合もあるんだろうな」

そのあたり、俺には詳しくはわからないが。

周囲は壁に囲まれている。こうして隙間ができているのは、計算ミスなのか、すれ違い用なのか。

それぞれの建物が背を向けるかたちで作られていたので、こちらを向いた窓もなかった。

「メイドと一緒に抜け出したときには、必ずここを歩いていたんですよ」

「なかなかに冒険家だな」

お姫さまが頻繁に脱走しているというのは、その平和っぷりも極まっているな。もしかすると、フォティアや俺よりも、活発な子供だったのだろうか。

「当時はお勉強の間とか、暇な時間なら自由にしたい、と思って抜け出していましたが」

そう言って彼女は、遠くを見るようにした。

「今になって思うと、あれはやっぱり、お城の人々もわかった上で、息抜きとして見逃してもらっていたんですよね。思えば、抜け出すときについてきてくれるメイドはほとんど同じ人で、武術の心得もある女性でしたから」

「なるほどな」

窮屈な暮らしに不満を抱くネロアの味方として脱出に同行しながら、護衛としての役割も果たしていたわけだ。

そんな話をしながら歩いていると、また少し開けたスペースに出る。

「って、あんまり行くと、お城のほうに出ちゃいますね」

そう言って彼女が立ち止まる。

「そうなのか。けっこう長い通路なんだな」

このあたりは少し空間があるので、ふたりで向き合うこともできた。

周囲は壁に囲まれており、陽が入りにくい場所になっている。

話のとおり人通りもまるでなく、なんだか街から切り離されたような空間だ。

「ここは、少しノンビリできそうだな」

「確かに、とっても静かですね」

だいぶ進んだから、大通りからの喧騒も聞こえない。人混みに悩まされていたわけではないけれど、こうして人がいなくなると、不思議な落ち着きがあった。俺たちは立場が特殊だということもあって、やはり人目を集めやすいからだろうか？

ネロアは壁に目を向けて、少し懐かしそうにしていた。

早足で歩いて火照ったのか、外套を脱いで涼んでいる。そんな彼女を見て……。

俺は、少しムラッときてしまった。

丸みを帯びたお尻のライン。無防備なその立ち姿は、思わず抱きしめたくなる。

「ファウダー様？」

そんな俺の邪念を感じ取ってか、ネロアが振り向いた。

街中ではあるものの、ここは路地裏だ。

周りに人もおらず、そういう意味では室内とあまり変わらない……といえるかもしれない。

「なんだか、えっちな目になってますね」

そんな俺を見て、ネロアが言った。

「わかるか？」

「はい。そういう気分でしたら、お城に戻りましょうか。そしたら、んっ、すぐにでも……♥」

俺の空気に当てられてか、彼女もその気になったみたいで、色っぽい笑みを浮かべる。

「ああ、それもいいが……」

俺はそんな彼女を抱きしめた。

「んっ、ファウダー様♥」

彼女はすぐに抱き返してくる。

ネロアの爆乳おっぱいが、むにゅりと俺の身体に当たる。

昂ぶり始めた状態で柔らかなおっぱいを意識させられ、俺の気持ちは上がっていく一方だ。

「あっ♥　ファウダー様、ここ……」

彼女は手を下へと動かしながら、軽く腰を動かしてくる。

するとそのお腹が、反応し始めた股間を刺激してきた。

「わたしの身体に、なんだか硬いものが当たってますよ？　ほら、んっ♥」

「ネロア……」

彼女はスリスリと肉竿を刺激してくる。

その誘いに、血はさらに集まって、みるみるうちにズボンを押し上げてしまう。

「ファウダー様のここ、もうすっかり大きくなってますね♪」

「ああ。もう我慢できそうにない」

「あんっ♥」

俺は彼女のお尻をつかみ、揉んでいく。女性らしい丸みを帯びた、ムチムチのお尻だ。

「ファウダー様、んっ」

彼女は色っぽい声をあげる。

「もう、ほら、早くお城に、んっ♥」

「この状態で、城まで我慢できると思うか？」

俺は腰を動かして、彼女のお腹に滾ったものをこすりつけていく。

「あん、ダメです、ん、そんな風に、勃起おちんぽを押し当てられたら……♥　ん、わたしも、スイッチが入ってしまいます」

彼女はそう言うと、身体を下へとずらした。

「我慢できなくなってしまった、勃起おちんちん♥　わたしが鎮めて差し上げますね」

彼女は屈《かが》み込《こ》むと、俺のズボンへと手をかける。

「おぉ……」

そしてそのまま、下着ごとズボンを下ろした。

「あんっ♥　もう、こんなに元気に……♥」

飛び出した肉棒が、彼女の綺麗な顔をかすめる。

チンポを目の前にして、ネロアは赤い顔でそれを見上げた。

「こんなに大きくして……♥　たしかに、これではお城まで歩くのは大変そうですね♪」

彼女は肉棒を眺めながら、すりすりといじってくれる。

女の子のしなやかな手が、滾る剛直をなで回していった。

「ガチガチのおちんぽ♥　すりすり、しゅっしゅっ」

「うっ……」

ネロアの手にいじられ、肉竿が喜ぶ。

「お外でおちんぽ出して、抜いてほしいだなんて、ファウダー様はすごすぎです……でも、んっ♥

こんな立派なものを見せられたら……」

彼女は肉竿を見上げ、妖艶な顔になる。

「ご奉仕、したくなっちゃいます♥」

そう言って、その肉棒に顔を近づけた。

「ちゅっ♥」

「うぉ……」

彼女の唇が、軽く肉竿の先端に触れた。柔らかな唇の感触が心地よい。

「ん、ちゅっ……ちゅっ♥」

彼女はそのまま、ついばむようなキスを亀頭へと降らせていった。

「ガチガチのおちんぽ♥　ちゅっちゅっ」

「ネロア、うっ……」

くすぐったいような刺激に、思わず腰を突き出してしまう。

「んむっ♥」

肉竿が彼女の頬に当たり、ぐっとそれを押し込んだ。

「もう、わたしの頬におちんぽを押しつけてきて……♥　そんなに我慢できないなんて、かわいいです。ちゅっ♥」

彼女は再びキスをすると、次に舌を伸ばしてきた。

「れろぉ♥　そんなおちんちんは、わたしのお口で舐め舐めして、精液、ぴゅっぴゅってさせてあげますね♪」

彼女は楽しそうに言って、肉竿を刺激していった。

「れろっ……ちろっ……敏感な先っぽを、ぺろっ……♥」

ネロアの舌が亀頭を舐めていく。

その気持ちよさを感じていると、彼女はチンポを舐めながら、上目遣いにこちらを見た。

「れろろっ……ちろっ……気持ちいいですか？」

「ああ、すごくいい……」

ネロアのような美女の顔が肉棒のそばにあり、ご奉仕として舐めてくれているという光景が、ものすごくエロくていい。

「れろっ、ぺろっ……」

その舌使いも上達しており、弱いところを的確に責めてきている。

「カリの裏っかわを……ぺろっ♥」

舌先が傘の裏を擦るようにしながら、肉竿を唾液で濡らしてくる。

「この筋に沿って、ちろろろっ……！」

「うっ……」

裏筋を舌で刺激する彼女が、俺の反応を見て笑みを深めた。

「れろろっ……ちろっ、ぺろっ……」

そしてさらに肉竿を舐めてくる。

路地裏でのご奉仕は、その場所もあって、いつもとは違う興奮を揺り動かしていた。

「ん、れろっ……ちろっ……ふふっ♥　おちんちん、気持ちよさそうです……こうして舐め舐めしてると、ちろっ♥」

「あぁ……」

彼女の舌に愛撫されて、気持ちよさが膨らんでいく。

「れろっ……先っぽから、我慢汁が出てきてますよ……♥　ほらぁ、れろろっ、ちろっ……舐めると、さらにあふれて、ぺろっ」

「ネロア、うっ……」

舌が鈴口をくすぐり、先走りを舐め取っていった。

「れろろろっ、ちろっ……どんどん、あふれ出してきちゃってます……ん、それならこうして、あーむっ♥」

彼女はパクリと肉棒を咥える。

「んむっ、お口に咥えて、ちゅぅっ♥」

「おぉ……！」

彼女は肉竿を咥えると、そのまま軽く吸ってきた。

「ん、ちゅぱっ♥　ちろっ……」

ネロアはそのまま肉竿をしゃぶり、軽く頭を動かしていく。

「ちゅぷっ、ん、ちゅぱっ……れろっ」

唇が肉棒をしごき上げ、時折、舌が裏筋を舐めてくる。

「ちゅぶぶっ……ちゅぽっ、ちゅぱっ……♥」

ネロアのフェラで、どんどんと欲望が高まっていった。

「先っぽから出てくる……んっ、えっちなお汁を……ちゅうっ♥」

「うぉ……それは」

ネロアが肉竿を吸いながら、さらに頭を動かして刺激してくる。

「ちゅぶっ……じゅぶぶっ……ちゅぽっ……♥」

彼女のフェラは勢いを増し、俺を追い込んでいった。

「じゅぶぶっ、ちゅぱっ、じゅぽっ……ん、ふぅっ……このまま、んぁ、わたしの奥に、いっぱい出してください……♥」

「う、ああ……そろそろ出そうだ」

「じゅぶぶっ！　じゅるっ、ちゅぱっ♥　ちゅうぅっ！」

彼女はそのまま肉棒をしゃぶり、バキュームも混ぜてくる。

「じゅぽっ、ちゅぷぷっ！　じゅるるっ、じゅぼっ♥」

その心地よいフェラに、精液が駆け上ってくる。

「んむっ、じゅぶぶっ、お口でいっぱいおちんぽしごいて、じゅぼぼっ♥　こうしてストローみたいに吸いついて……♥　じゅるるるるっ！」

「ああ、出る！」

俺は口唇奉仕に促されるまま、彼女の口内に射精した。

「んむっ⁉　ん、じゅぶっ、ちゅうぅぅぅっ♥」

「あぁ……そんなに吸われると、うっ！」

射精中の肉棒をぞんぶんに吸われ、俺は求められるまま精液を吐き出していた。

「じゅるっ、ちゅっ、ちゅぅっ♥」

彼女は肉竿を吸い続け、精液を残らず吸引していく。

「んく、ごっくん♪　あは……♥　ファウダー様の精液、すっごく濃いです……♥」

彼女は精液を飲みきると、立ち上がった。

「ん、逞しいおちんぽをおしゃぶりして、濃い精液をお口に出されて……わたしも我慢できなくなっちゃいました♪」

彼女そう言うと、うっとりとした表情で俺を見つめた。

「ファウダー様は、ひとまず落ち着くでしょうし……早くお城に戻って、続き、しましょう？」

そう言うネロアのエロい姿を見てしまうと、出したばかりといえども欲望が滾ってくる。

俺はすぐさま、彼女を抱きしめた。

「あんっ♥　ファウダー様、んっ」

そして彼女の服をまくり上げると、その割れ目を下着越しになぞる。

「あっ♥　ダメです、ん、そんな風にされたら、あんっ♥」

彼女のそこはもう濡れており、下着越しになぞり上げると、愛液がしみ出してきた。

「あっ、だめ、ですっ♥　ん、はぁっ……」

その割れ目を往復していくと、ちゅくっ、と卑猥な音が響く。

「あぁ……いじられたら、ん、もっと濡れて、あっ♥　帰るまでにえっちなお汁が垂れちゃいますっ……♥　ん、はぁっ……」

「確かに、もう下着から滲み出してきてるしな」

「はい、だから、ん、はぁっ……」

「ああ、ちゃんとずらしておかないとな」

「やんっ♥」

俺は彼女の下着をずらし、濡れたおまんこをあらわにしていった。

「あぁ、ん、そんな、んうぅっ……」

彼女は恥ずかしさからか足を閉じようとするものの、抵抗らしい抵抗は見せなかった。

俺はその割れ目を指先でいじり、軽く押し広げる。

「あぁ、だめですっ、ん、ふぅっ……そんなに、あっ♥　いじられたら、もう、んぅっ……」

俺の手を、その内腿に挟み込むようにした。

しかしそれは、俺の手を拒むどころか、むしろもっといじってほしいと求めているようだった。

「ああっ♥　ん、はぁっ……」

くちゅくちゅとおまんこをいじっていくと、彼女が艶めかしい声を漏らしていく。

「あふっ、ん、ファウダー様、あっ♥　ん、はぁっ……」

少しこちらに身体を預けるようにしながら、おまんこをいじられて感じていくネロア。

「あうぅっ♥　そんなにされたら、わたし、もうっ……はうっ♥」

そう吐息を漏らすと、彼女の手が俺の股間へと伸びてきた。

「ファウダー様のおちんぽ♥　欲しくなっちゃいます……♥」

「ああ、いいぞ」

最初から城に戻るまで我慢できなかった俺としては、望むところだ。

俺は彼女の片足を抱えるようにする。

「んっ……♥」

そして、もう十分に濡れて愛液を垂らしているそのおまんこへと、滾る剛直をあてがった。

「あぁ……♥　熱いのが、ん、ふぅっ！」

「いくぞ」

「んはぁっ！」

そのまま、腰を押し進めて肉棒を挿入していった。

「んはぁっ♥　あっ、ん、くぅっ……♥」

肉竿が膣襞をかき分けて、侵入していく。

「あふっ、なかっ♥　ん、はぁっ……♥」

蠢動する膣襞が、すぐに肉棒に絡みついてくる。

「あっ♥　ん、ふぅっ……」

立ち鼎《かなえ》の姿勢で繋がり、俺はゆっくりと腰を動かし始めた。

「あっ、ん、くぅっ……♥」

膣襞が肉棒を擦り上げていく。

「ファウダー様、ん、はぁ♥」

こちらに抱きつきながら、耳元ではエロい吐息を漏らすネロア。

俺は彼女の片足を抱えながら、腰を徐々に動かしていく。

「あぁっ♥　ん、はぁっ、ふぅっ……」

彼女の声は、だんだんと色を濃くしていく。

「あふっ、ん、くぅっ……♥　なかで、おちんぽが動いて、んはあっ！」

「こんな場所なのに、ずいぶん感じてるみたいだな」

「だって、あっ♥　逞しいおちんぽが♥　んぁ、おまんこを擦って、ん、くぅっ！」

彼女は快感を求めてか、さらにぎゅっとしがみついてくる。

「あぁっ♥　ん、はぁっ……」

すぐ耳元で熱く囁《ささや》かれると、俺の興奮も増していくばかりだ。

「あぁっ♥　ん、はぁっ、あぅっ♥」

俺は興奮で腰を動かして、ピストンを行っていく。

「あぁっ、ん、ふぅっ、んあはぁっ♥」

彼女も俺に抱きつき、不安定な体勢のまま肉棒を受け入れていた。

「なかっ♥　んはぁ、あっ、いっぱい、んぅっ……♥」

路地裏に、ネロアのエロい声が響いていく。

建物を挟んだ向こう側では、人が普通に行き来しているのだろうに。

「ああっ……ん、ふぅっ、感じちゃいますっ♥　あっ、ん、はぁっ♥」

「人が来ないとはいえ……理想のお姫さまとまでいわれてるネロアが、外でおまんこ突かれて喘いでいるなんて、みんなびっくりするだろうな」

「そんな、んぁ、ああっ、ああっ！」

屋外であることを意識させると、もちろん彼女は恥ずかしがったが、膣襞のほうは素直にきゅっと収縮した。

「やっ、あっ、ん、ふぅっ、ああっ♥」

「うぉ……感じてくれるのは嬉しいが、外だってことを忘れるなよ？」

「あぅっ、だ、ダメです、そんな風に言われたら、わたし、んはぁっ！」

彼女はさらに気持ちよさそうな声をあげていく。

「外でしてるって意識するほど、興奮してるのか？」

「あぅっ♥　そんな、ん、はぁっ、ああっ！」

否定しようと思ったようだが叶わず、彼女は大きな嬌声をあげてしまう。

「んはぁっ！　あっ、ん、くぅっ♥　あぅっ……ん、はぁっ！」

「う……おまんこそんなに締めつけて、ほらっ！」

「んひぃっ！」

俺はぐっと腰を突き出すと、ネロアが悲鳴をあげる。

「ああっ♥　もう、だめっ、ですっ♥　んはぁっ！」

ネロアの感じ声と共に、おまんこもきゅうきゅうと締めつけてきた。

蠢動する膣襞が、これまで以上に肉棒をむさぼっていく。

どうやら、限界が近いらしい。

「んはぁっ♥　あっ、わたし、こんな、んぁっ♥　お外で、あっあっ♥　だめ、ん、はぁっ、イっちゃいますっ♥」

「ああ、そうだな」

震える膣襞を擦り上げ、往復していく。

「んはぁっ♥　あっ、ん、くぅっ！」

俺に抱きつきながら、彼女が上り詰めていく。

「ああっ♥　もう、イクッ！　ん、はぁっ！　イっちゃいますっ！　あっあっあっ♥　んはぁっ、あ、あぁっ！」

俺はラストスパートで、さらにペースを上げていった。

「ああっ♥　だめっ、ん、はぁっ、すごい、あぁっ♥　イクッ！　あっあっあっ♥　イクイクッ、イックウウゥゥウゥッ！」

「う、あぁ……」

ネロアが絶頂を迎え、そのおまんこが締まる。

「ああっ♥　ん、はぁっ！」

俺もそのキツい最後の締めつけを受けながら、腰の奥からの奔流を込み上げさせる。

「ああっ♥　感じちゃってるおまんこ、続けて……そんなに突かれたら、あっ、また、ん、はぁっ、また、あっ♥　イっちゃいますっ♥」

俺は精液が昇ってくるのを感じながら、絶頂するおまんこをかき回していく。

「んぁっ♥　あっ、ん、くぅっ！　あっあっ♥　んはぁっ♥」

「出すぞ！」

どびゅっ、びゅくっ、びゅるるるるっ！

俺はそのまま、彼女に中出しを決めた。

「んくぅぅぅっ♥　ああっ！　熱いの、せーえき、びゅーびゅー出て、あっ♥　ん、奥に当たってますっ♥」

子宮口への子種の直撃を受けて、彼女が再びイった。膣内が痙攣するように締まり、肉棒を締め上げていく。

「ああっ♥　んはぁっ……中、いっぱい♥」

膣口がぎゅっと口を閉じると、吸い取るように肉棒から精液を搾り取っていった。

「あぁ……♥」

俺はそのまま、彼女の中へと欲望を出し切っていく。

「あふっ、ん、あぁ……♥」

ネロアは連続イキで体力を使い果たしたのか、そのままこちらへと身体を預けてきた。

俺はそんな彼女を支えながら、肉竿をそっと引き抜いたのだった。

●

彼女たちとの生活は続いていき、両国を訪れることや、様々な人と会うことにも慣れていった。

これまではずっと帝国に引きこもり、僅かな上位貴族としか接してこなかった俺だ。

そんな俺にとっては、激動といってもいい日々だった。

しかし慌ただしくはあるが、これまでよりも変化に富んで充実していると感じる。

そのなかでももちろん、一番の違いは、やはりフォティアとネロアだ。

彼女たちと過ごす、楽しくもエロい毎日。

美女といちゃつき、求められる生活というのが、男としては最重要だろう。

だからこそ今夜も、フォティアとの大切な時間を過ごしていた。

「だんだん、あたしも帝国での暮らしが落ち着くようになってきたよ。どこかに訪問しても、この城に戻ると、帰ってきたーって思うようになった」

「ああ、それはよかった。この先も、ずっとここで暮らすんだしな」

「ファウダーやネロアと一緒にね♪」

彼女は俺の隣へと腰掛ける。

一昨日やっと、ヴァッサールから戻ってきた俺。

次に国外に出るのは、もう少し先のこと。ひと月くらいはまた、城での生活だ。

といっても、帝国内の貴族が城へ挨拶に来て謁見を……という用事はまだまだ入っているが。

「ちょっとは、のんびりできるね」

「そうだな」

城でいちゃいちゃと過ごしてもいいし、彼女に案内するために、どこか帝国内を見て回るのもいいだろう。

やっと準備が進み始め、彼女たちは正式に俺と結婚し、もうすぐ妻となるのだ。

帝国内の様々な場所を知っておくのは、良いことだろう。

本来なら帝国の場合は、王族があちこちに顔を出すということはない。だが、イグニスタやヴァッサールとの交流が深くなるのに合わせて、少しずつ慣例を変えてみてもいいかもしれない。

「そういえば、フォティアはイグニスタ内では、よく出歩いていたんだよな」

「ほとんどは王都だけどね」

それを許す国民性もあるのだろうが、親しみやすいお姫さまとして人気だった彼女は、そのあたりフットワークが軽い。

帝国はどちらかというと、上は威厳を持ってふんぞり返っているほうがいい、という考え方なので、基本的には庶民の街には出ないのだ。

もちろん視察などは行うのだが、それだって、皇帝直々にということはほとんどなかった。

王族は常に、城の中にいるものだ。

フォティアのように気軽に街へ出て親しまれる、というようなことは決してない。

ただ、そういうのも変えてしまっても良いだろうと最近は思う。

かつては威厳が必要だったのだとは思うが、時代は平和であり、恐怖で民を縛っているわけでもない。色々な意味で、皇帝が城に籠もる理由というのも、ほとんどなくなっているのだ。

これからは、もっと国民たちと接してもいいのかもしれない。

もしフォティアたちも望んでくれるなら、そういう方向に変えていくつもりだ。

話してみると、フォティアはにっこりと微笑んでくれた。

今日もそんな会話をしてから、俺たちはベッドへと向かった。

「ふふっ、今夜はあたしが、いーっぱい、しぼりとってあげる♪」

ノリノリな様子の彼女が、俺をベッドへと押し倒した。

当然俺は逆らわず、仰向けになりながら彼女を見上げる。

積極的でエロい美女からご奉仕を受けるのは、いつだって素晴らしいからな。

「えいっ♥」

彼女はまず、そのまま俺に抱きついてきた。そんな彼女を受け止めて、抱きしめる。

「ん、こうやってくっつくの、好き」

「甘えてるみたいだな」

そう言うとフォティアは、俺の胸板に顔を埋めてくる。

その仕草にかわいらしさを感じていると、彼女が顔を上げた。

「ん、ちゅっ♥」

少し身体をずらすと、キスをしてくる。

「ん、ふぅ……」

唇を触れあわせる軽いキスをして、彼女がこちらを見つめた。

「ちゅっ♥」

そしてそのまま、俺たちは何度もキスを重ねる。

「ん、ちゅっ……れろっ♥」

そして次には、舌を絡め合う。これもいつもの流れだ。

「れろっ、ちろっ……んぅっ♥」

俺もそれに応え、彼女の舌を愛撫していく。俺のものより小さなそれを擦り、舐め上げる。

「んむっ、ん、れろっ……んはぁっ♥」

そして口を離すと、フォティアはうっとりとこちらを見つめた。

「ファウダー、んっ……」

彼女はそのまま身体を下へと滑らせていく。

彼女の身体で一番出っ張っている部分——柔らかな胸が、俺の身体を擦っていった。

その気持ちよさとエロさに、昂ぶっていく。

「ファウダーのここ、ちょっと反応してきてる♪」

彼女はそう言うと、俺の股間へと手を這わせていった。

しなやかな手が、ズボン越しに肉竿をなで回してくる。

「ふふっ、もう期待しちゃってるね♪」

俺のズボンに手をかけるとすぐに、下着ごと下ろしてしまった。

「ん、出てきた♥」

半勃ちの肉竿を目にして、嬉しそうな声をあげる。

「それじゃあ、まずは……」

彼女は、自らの服をはだけさせていった。

ボリューム感たっぷりのおっぱいが、ぽよんっと揺れながら現れる。

「おお……」

思わずその光景に見入り、声が出てしまう。

「おっぱい、大好きだもんね？」

そう言いながら両手で胸を持ち上げ、ゆさゆさと揺すって見せる。

「そうだとも」

重そうなおっぱいが柔らかくかたちを変える様子は、見ていても楽しい。

「恥ずかしくなっちゃうくらい、おっぱいに目が釘付けだね……♥　ほら、こうやって持ち上げてゆらすと……んっ♥」

彼女がその大きなおっぱいを、今度はぽよぽよと弾ませる。

その光景は男なら誰でも、つい目を奪われてしまうものだろう。

「そんなに真剣に見られると、ドキドキしちゃう……」

そう言いながらも、フォティアだってまんざらでもなさそうだ。

「それじゃ、このおっぱいで、元気なおちんちんを……えいっ」

「うぉ……」

彼女の胸が、むにゅんっと肉竿を挟み込んだ。

「こうやって、むぎゅー」

柔らかな乳房が肉棒を包み込んでくる。その気持ちよさは格別だ。

「ん、しょっ……」

そのままむにゅむにゅと、おっぱいが肉竿を刺激してくる。

「おちんぽを、むぎゅー♪」

彼女はそのまま手で胸を押しつけるようにして、肉竿を刺激してきた。

「むにゅむにゅっ、ぎゅー♪　どう？　新妻のおっぱい、気持ちいい？」

その柔らかな圧迫感をに包まれながら、俺はうなずいた。

「く、妻はまだだが……気持ちはいいぞ」

「ふふっ。ん、しょっ……」

彼女はそのまま、たわわな果実を使って肉竿を愛撫していく。

「熱くて硬いおちんちん……♥　ん、ふぅっ……」

柔らかな胸に刺激され、肉竿がフル勃起する。

「谷間からぴょんって出てくる勃起おちんぽを♥　ん、えいっ♪」

いじられながらも、ボリューム感たっぷりの巨乳を楽しんでいく。

「ん、しょっ、むにゅー♪」

柔らかおっぱいに包み込まれる気持ちよさに、肉棒は完全に漲《みなぎ》っていた。

「ん、ふぅっ……♥」

彼女はむぎゅむぎゅと、両側からおっぱいを押しつけてきていた。

乳圧と柔らかさを感じるこの状態は、すぐに射精したくなるようなものではい。だがそのぶん、いつまでもずっと、抱《いだ》かれていたいタイプの気持ちよさだ。

「むにゅむにゅ、むにゅー♪」

彼女は俺を上目遣いに見て言った。

「こうしておちんぽを挟んでると、なんだかすごくえっちな気分になっちゃうなぁ……♥　ほら、こうやって谷間から、ぴょんっと飛び出してる先っぽとかがさ」

そう言って、自分の谷間へと視線を落とす。

そこでは、柔らかな巨乳の間から、俺の先端が顔を覗かせていた。

「えっちに飛び出した先っぽ……れろっ♥」

「うぉ……！」

彼女は舌を伸ばすと、ぺろりと亀頭を舐めてきた。

「ふふっ♪　このまま、おっぱいで挟みながら、先っぽを……れろろっ！」

「フォティア、うっ……」

彼女はおっぱいでむぎゅむぎゅと肉棒を圧迫しながら、舌先で亀頭を舐め回していった。

「れろろっ……ん、ちゅぷっ……ぷくっとした先っぽを、れろっ、ちろろろっ！」

ちらちらと細かに俺の反応を窺いながら、先端舐めを続けていく。

「れろろっ……ちろっ、ぺろっ……」

温かな舌に舐められるのは気持ちがいい。すると彼女の唾液が、つーっと肉竿を伝っていく。

「ちろっ、れろっ……ん、これなら、動かしても大丈夫そうだね。ん、しょっ♥」

「うぁ……急に動かれると……」

柔らかなおっぱいが肉棒を擦り上げる。

「びっくりした？　でも、気持ちいいでしょ？　ほらっ♥」

「う、ああ……そうだな」

ボリューム感たっぷりの乳肉が、チンポを擦り上げていく。

「ん、しょっ……」

唾液で濡れた分だけ滑りがよくなり、おっぱいがリズミカルに動いていく。

「ふぅっ♥　ん、こうして……あっ♥　おちんぽをしごき上げて、んんっ……熱いのが、おっぱいの中で、あっ♥」

「あくっ……ふぉお……」

彼女がその巨乳を上下に動かしていくのがたまらない。

奉仕されながら巨乳が弾む様子を眺めるのも、格別だった。

「ん、しょっ……ふぅっ、んっ……♥」

彼女のパイズリを楽しんでいくと、大きな胸に埋もれ、何度も頭を出し入れする肉棒が見える。

「こうやって、んっ♥　おっぱいを動かしながら……飛び出てきた先っぽは、あむっ♥」

彼女がぱくりとその先端を咥えた。

「ふふっ♥　おちんぽ、ぴくんって跳ねたね……♥　ちゅぽっ♪」

彼女はパイズリを続けながら、先端をしゃぶり、舐めてくる。

「んっ……じゅぽっ……れろっ、ちゅっ♥」

「それ、すごくいいな……」

幹を柔らかなおっぱいにしごかれながら、先端は温かな口に咥えられていく。

二種類の気持ちよさが、俺を包み込んでいた。

「んむっ、ちゅぷっ……れろっ、ちゅぽっ……♥　このまま、んっ、ちゅぷっ……♥　どんどんいくね？」

「ああ」

彼女は俺の反応を見て、パイズリフェラを速めていった。

「ちゅぷっ……。ん、しょっ……こうやって、あっ♥　おっぱいでおチンポをむぎゅーって締めっけながら、ちゅぷっ、じゅるるっ！」

「うぉ……あぁ……！」

「ふふっ♥　気持ちいいんだ？　かわいい声、出ちゃってる……♥　じゅぽぽっ♪」

フォティアのパイズリフェラで、俺の射精欲は膨らんでいく。腰がぶるっと震えた。

「んむっ、じゅぷっ。れろっ、ちゅぱっ♥」

彼女はその反応を見て、さらにペースを上げていった。

「ん、しょっ……。おっぱいで、おちんぽ擦り上げて……先っぽは、ちゅぱぱっ！　れろっ、じゅるっ、ちゅぷっ！」

「う、フォティア、そろそろ……」

「もう出そうなの？　あたしのパイズリで、んっ、ちゅぱっ♥　いいよ♪　このまま、じゅるるっ、むぎゅーっ♥」

「ああっ……出る！」

「じゅぽぽっ！　ん、しょっ、えいっ♪　おっぱいとお口で、おちんちん、じゅるっ、じゅぷぷっ……れろれろっ、じゅぶぶぶぶっ！」

「くっ、あああっ！」

俺は彼女のパイズリフェラで、どぴゅどぴゅと射精した。

大きく柔らかなおっぱいがチンポを挟み込み、口でもバキュームしてくる豪華さ。

そのまま肉茎から押し出され、吸い込まれるままに精液を放っていった。

「んむっ♥　ん、ちゅぅっ！」

射精中の肉棒を吸われて腰を震わせながら、そのまま精を放っていく。

「んむっ、じゅるっ、ちゅぱっ、ん、ごっくんっ♪　あふっ……♥」

出された精液を全て飲み込むと、とろけた顔で俺を見つめる。

「今日もいっぱい出たね……それに、まだまだ元気みたい……♥」

彼女は身体を起こしていく。柔らかな胸が離れたのは少し惜しい気持ちもあるが、そのおっぱいが揺れる様子を眺めるのはいい光景だ。

そんなことを思っていると、彼女が服を脱いでいく。

細く引き締まったウエストが現れ、フォティアが最後の一枚に手をかけた。

そのまま下着を下ろし、彼女の秘められた場所があらわになるのを眺めていく。

「んっ……♥」

そこはもう濡れており、俺の欲望をくすぐった。

「ファウダーは、そのまま横になっていて」

「わかった」

俺がうなずくと、彼女が俺に跨がるようにする。軽く足を広げると、彼女の花園も薄く開いた。

そこからは淫らな蜜がしたたり、エロく光っている。

「このまま、んっ……」

フォティアはゆっくりと腰をおろしていき、俺の肉竿をつかむ。

細い指が肉竿に絡みつき、それを自らの膣口へと導いていった。

「あっ……♥　ん、元気なおちんぽ、このまま、んんっ……♥」

フォティアは躊躇《ためら》わずに、腰を下ろしてきた。

「あふっ……ん、はいって、くるっ……あぁっ……♥」

「うぉ……これは……すごいな」

ぬぷり、と肉棒が膣内に飲み込まれていくと、一気に快感が襲ってきた。

「んぁっ……やっぱり大きいね。おなか……ん、すっごく広がってる……はぁっ……♥」

そのまま、腰を下ろしきった彼女。

「あふぅっ♥　ん、はぁっ……」

騎乗位のかたちで繋がると、熱くうねる膣襞《ちつひだ》が肉棒に絡みついてくる。

「あっ♥　ん、はぁっ……！」

潤んだ秘穴の気持ちよさを受け取っていると、彼女のおまんこがきゅっきゅと反応して、さらに肉竿を刺激してきた。

「それじゃ、動くね？」

彼女はゆっくりと腰を動かし始めた。

「んっ……はぁっ、あっ♥　あふっ……」

まずは前後に動き、膣襞が肉棒を擦り上げる。

「ああっ……♥　中、ぐいぐいくるっ、それに、ん、あふっ……♥」

フォティアは甘い声を漏らしながら、ポイントを探るように動く。

「んはぁっ♥　あっ、ん、ふぅっ……」

その度に膣道がうねりながら、肉棒を刺激していった。

「あぁっ、んふぅっ……このまま、あっ♥　上下にも腰を……あぁっ♥」

彼女は腰を揺すり、肉棒をしごき上げていった。

膣道を押し広げるような前後移動も気持ちいいが、やはりしごき上げられる上下運動は射精欲をくすぐってくる。

「ああっ♥　ん、はぁっ……あふっ……！」

先程パイズリフェラでたっぷり出した直後だったが、フォティアの騎乗位で、またも精液が増産されていく。

「んはぁっ、あ、ん、ふぅっ、ファウダー、ああっ♥」

俺の上でなめらかに腰を振りながら、フォティアが喘いでいく。

「あふっ、ん、はぁっ♥　こうやって動くと、あっ、ん、おちんぽが、中でこすれて、ああっ♥」

彼女は嬌声をあげながら、俺の上で乱れていった。

「んはっ！　あっ、ん、うぅっ……♥」

その大胆な腰振りにあわせて、彼女の大きなおっぱいも弾む。

俺の大好きな光景に、目を奪われてしまう。

「あふっ、おちんぽも、びくんってていっぱい跳ねてて、ああっ♥」

彼女はあられもない声を出しながら、俺を喜ばせていくのだった。

「あっあっ♥　ん、はぁっ……」

膣襞が肉棒を擦り上げ、快感を送り込んでくる。

「んぅっ、あふっ、ああっ……♥」

さらに視線を上げると、腰の動きに合わせて弾んでいくおっぱい。

「あっあっ♥　ん、はぁっ……」

そのエロい光景もまた、俺の欲望をくすぐっていく。

「んぅっ……はぁ、あっ、あぁぁっ……！」

俺のために腰を振る彼女を眺めながら、その気持ちよさに浸っていった。

「あっあっ♥　ん、はぁっ、おちんぽ、中をいっぱい、ん、こすってる！　あふっ、ふぅっ……くぅっ、んっ、あぁっ……！」

大胆なピストンで乱れていくフォティア。

「あぁっ、ファウダーのおちんぽ♥　気持ちよくて、あっ、ん、はぁっ、おまんこ、すぐにイっちゃいそうっ……♥」

「う、あぁ……おっぱいが揺れるのもエロくて、俺もまたイキそうだ」

「あんっ♥　あっ、そんなこと言われたら、あうっ、子宮が、きゅんときちゃうっ……♥　ん、あっ、あぁっ……♥」

「うぉ……おまんこ、反応してるな」

きゅっきゅと収縮する膣道が、肉棒を締めつける。

その状態で腰を動かされると、膣襞と亀頭がゾリゾリとこすれていった。

「ああっ♥　あっ、ああっ……！」

俺はそんな彼女のおっぱいへと、下側から手を伸ばす。

「あんっ♥」

もにゅんっと俺の手を受け入れて、かたちを変える柔らかなおっぱい。

こうして持ち上げるように揉むと、その重さが伝わってくる。

「あぁっ、ん、はぁっ。おっぱい、触られると、あっ♥　んはぁっ……」

「さっきはパイズリでいっぱい擦ってもらったが、こっちには刺激が足りなかったんじゃないか？」

「ひゃうっ♥」

俺は巨乳を持ち上げるように揉みながら、尖る乳首を指先でいじっていった。

「ああっ！　そこ、んぁっ♥　だめぇっ……！」

彼女は敏感な反応を見せる。震える嬌声に合わせて、おまんこもヒクヒクと反応した。

「ああっ！　今、んぁっ♥　おまんこ気持ちいいのに、乳首までされたら、あたしっ♥　んぁっ、あっ、あうぅっ♥」

くりくりと意地悪に乳首をいじると、彼女の嬌声が大きくなっていく。

「んあはっ♥　あ、それっ、ん、あふっ、ああっ……！」

それに合わせておまんこも締まり、肉棒を強く擦り上げてくる。

「ああっ♥　んはぁっ、あっ、だめっ、んんっ！　あっあっ♥」

だいぶ盛り上がってきたのか、彼女の腰もペースが上がっていった。

「ああっ♥　ん、はあーっ、すごいのぉっ……おまんこも乳首も気持ちよくて、あっ♥　ん、はぁっ、ああああっ！」

快感でたまに腰のペースが乱れるのだが、それもまた、不規則な気持ちよさを生んでいた。

「んくぅっ♥　あっ、ああっ！」

彼女の腰が深く沈み込み、肉棒をお腹の奥まで迎え入れる。

それがより快感を求めるような動きにも思えて、俺の上でドスケベに乱れるその姿に、こちらの興奮も高まっていった。

「んはぁっ♥　あっあっ♥　もう、だめっ、イクッ！　んぁっ……ああっ！　ファウダー、あたし、んぁ、ああっ！」

彼女はラストスパートとばかりに、激しく乱れていった。

「んはあっ♥　あっ、もう、イクッ！　んあぁっ、あっあっ♥　ん、ふぅっ、んはぁっ……♥　おまんこイクゥッ！」

髪や胸を淫らに揺らしながら、俺の上で極まっていく。

俺はそこで、乳首をさらに責めていった。

「んはぁっ！　あっあっあっ♥　気持ちいいっ♥　んぁ、ああっ！　イクッ、イク、あっあっ、んくぅぅぅぅぅぅっ！」

そして全身をぴんと張り詰めさせながら、彼女がイった。

「あふっ、ん、あぁっ♥　ああっ……！」

膣道がぎゅうっと収縮していく。その絶頂と連動した締めつけに俺の欲望も限界を迎える。

乳首から指を離し、イったことで動きを緩めたフォティアの細い腰をつかんだ。

そして下から思いきり腰を突き上げ、おまんこをさらに突いていく。

「んはぁっ♥　あっあっ♥　そんなに、おちんぽズンズンされたらぁっ♥　あっ、んはぁっ！」

「う、すごい締めつけだ……このまま俺もイくぞ！」

欲望のまま腰を突き上げ、フォティアを貪っていった。

「んぁっ♥　ああっ、気持ちよすぎて、んはぁっ♥　おかしくなっちゃう！　ああっ、んはぁ、あっ、あうぅっ♥」

子種を求めて降りてきた子宮口がツンツンと当たり、さらには、くぽっと亀頭を咥えこむようにしてくる。

「んはぁっ♥　あっ、ん、ふぅっ、そんな奥まで、ああっ♥」

肉棒を求めるメスの本能に、こちらも本能が刺激され、種付け欲求が膨らんでいった。

「あっあっ♥　またイクッ！　んはぁっ、イったばかりなのに、んぁっ、ああ、ああっ！」

「こっちも、そろそろ出そうだ……」

「ああっ♥　今、中で出されたら、あたし、んはぁっ♥　すごいのぉ、あぁっ……きてっ♥　あっあっあっ♥」

「ああ、いくぞ、思いっきりイってくれ！」

俺は激しく腰を突き上げて、そのおまんこの隅々を余すとこなく擦り上げていく。

「んはぁっ♥　ああっ、すごいの、きちゃうっ、あっあっあっ、んなっ、あうぅっ♥」

「出すぞ！」

どびゅっ！　びゅくびゅくっ！　ビュルルルルッ！

俺はぐっと腰を突き出し、彼女の奥で射精した。

「んはぁぁあぁっ♥　ああっ、奥っ、せーえき、びゅーびゅーでて、んぁっ、イクッ、イックウウウウウッ！」

最奥への子種の放出を受けて、彼女も絶頂を迎えた。

「おぉ……すごい締めつけで、しぼりとられるっ……！」

絶頂おまんこが肉棒を思い切り締めつけ、精液を搾り取っていく。

「んはぁっ♥　いっぱい、熱いの出てるぅっ……♥」

うねる膣襞に搾り取られるまま、俺は余さず精液を吐きだしていった。

「んはぁっ……♥　あっ、ん、あぁ……♥」

連続イキの快感で、フォティアがぐったりと脱力していく。

俺はそんな彼女を支えるように抱きとめた。

「ファウダー、ん、あぁ……♥」

彼女はそのまま、ぎゅっと俺に抱きついてきた。

行為後の火照った身体。フォティアの香しい体臭が俺をくすぐった。

彼女の温かさと柔らかさを感じながら、俺も射精の余韻に浸っていく。

「あふっ……ん、あぁ……♥」

フォティアが軽く腰を上げ、自分で肉棒を引き抜くと、そのまま再び俺へと身体を預ける。

「すごい……。精液が、いっぱいお腹にあるのを感じちゃうね……♥」

うっとりと下腹部をさすりながら、彼女が言った。その仕草もなんだかエロくて、しっかりと中出しをしたのだという満足感が湧いてくる。

俺はそんな彼女が愛しくなって、そっと抱きしめた。

「んっ……♥」

甘えるように抱き返してくる彼女。

「ファウダー……んっ……♥」

彼女の頭を優しくなでる。

フォティアは嬉しそうにそれを受け入れながら、少しだけ抱きつく腕に力を入れた。

俺はその幸せを感じながら、しばらく抱き合っていたのだった。

エピローグ　お姫さま×2とのハーレム生活

忙しくしている内にも、日々は過ぎていく。

帝国を通して妻たちの国は繋がり、今では活発に交流を行うようになっていた。

それぞれの技術や製品が流入していくことで、過ごしやすさは向上していく。

また、長年の没交渉が解消されたのも、明るい雰囲気に拍車をかけているようだった。

元々、争いは終わっていたから、暗い雰囲気だったというわけではない。

しかし、交流によって交易も盛んになり、よりよい日々がやってきていた。

生活に余裕ができるのはいいことだ。これまでより安く、質のいいものが手に入る。

それでいて市場は広がっているので、商品価値が極端に下がるということもない。

無論、すべての人が同じような恩恵を受けるわけではないが、それは何事においても同じだ。

急速に進んでいった国交も、だんだんと安定してきていた。

最近ではそれぞれの技術を合わせた、画期的な製品の開発も行われている。

そんな中で俺はといえば、交流が軌道に乗ったこともあり、各国への顔見せの多かった一時期よりも、ずいぶんノンビリとした生活を送っていた。

ヴァッサールとイグニスタ、二ヶ国のお姫さまを正式に妻に迎え、彼女たちと暮らす日々だ。

婚姻のあれこれも落ち着いた今は、帝都の城で過ごすことがほとんどだった。

目下、今の最優先事項は子作り、といった感じだ。

そんな俺の寝室に、今日はふたりがそろって訪れていた。最初はあれほど競っていた彼女たちだが、今では仲もよく、ふたりして部屋を訪れることも珍しくなくなっている。

「今日も、いっぱいしようね♪」

「ファウダー様のこと、たくさん気持ちよくしますね♪」

美女ふたりにそう迫られるのは、男としては無情の喜びだ。

何よりも、彼女たちは俺が思った以上に優秀だった。この三国の新たな潮流も、この国民たちから慕われるお姫さまたち無しには、成功しなかっただろう。ほんとうに、良い妻をもらったものだ。

そんなふたりが、そのたわわな胸を揺らしながら、俺へと近づいてくる。

最高の妻であり、大陸最高の美女ふたり。

そろってベッドに向かうと、愛妻たちがさっそく俺へと身を寄せてくる。

「ん、ファウダー、ぎゅー♪」

「わたしも、ぎゅー、ですっ♥」

左右から彼女たちが俺に抱きついて、その身体を密着させてくる。

ふたりの大きな胸が身体に押し当てられ、柔らかくかたちを変えた。

俺だけが楽しめるその感触に、幸福感が浮かび上がってくる。

「あたしたちの身体を、いっぱい感じてね。ちゅっ♥」

「ファウダー様のおちんぽ、わたしたちがいっぱい気持ちよくしますね♥」

フォティアがキスをしてくる間に、ネロアはこちらの服に手をかけてくる。

しなやかな手が、器用に俺の服を脱がせていった。

「ん、ちゅっ……♥　王国も安泰だし、帝国のためにも……ね」

フォティアは身を乗り出すようにして、キスを続けていった。

「そうです。赤ちゃん……たくさん欲しいですね♥　ファウダー様のここだって、もう反応してきていますし♪」

ネロアが俺の股間をなで回すと、パンツ越しの刺激に血が集まってくる。

「こんなに下着を押し上げて……狭そうですね……ほら……」

彼女は膨らんだ部分を、掌でなでるようにする。

「今すぐ、解放して差し上げますね……♥」

ネロアは俺の下着を脱がせ、飛び出してきた剛直を軽く握る。

「ああ、もうガチガチのおちんぽ♥　すごく熱いです」

「わ、逞しいおちんぽ、出てきたね」

フォティアもその手を、俺の肉竿へと伸ばしてくる。ふたり分の指が肉棒をつかんでいた。

「左右からふたりの手で、一緒にこうして……しーこ、しーこ」

彼女たちは密着しながら刺激を与えてくる。同時のご奉仕が、かなり気に入っているようだった。

「おぉ……いいぞ」

「しーこ、しーこ」

「こうして密着しながら、んっ、おちんぽをしごいていきますね♪」

「ん、しょっ……硬いおちんぽ、ふたりで擦られるの気持ちいい？」

「ああ、それはもう」

左右から美女に抱きつかれ、肉竿を擦られている。

女の子の柔らかさを感じ、よい匂いも堪能しながら、指が肉棒を擦り上げるのを楽しむ。

「ほらぁ、こうして左右から顔を寄せて……」

「あぅ……これだけ近いと、なんだかドキドキしますね……♥」

ふたりがさらに抱きつき、ますますくっつく。すぐ側でこちらを見つめるふたりを感じた。

「ん、ちゅっ♥」

「あ、わたしも……。ちゅっ♥」

フォティアが頬にキスをして、ネロアもそれに続いた。

両側からキスをされると、幸福感がじわじわ湧き上がってくる。

「こうして、両側から抱きついて……」

「ガチガチのおちんぽ♥　ふたりの手でしごいていると、ん、しょっ」

「おっぱいも、ぎゅーって押しつけてみようよ……」

「はい、ぎゅー♪」

彼女たちは両側からそれぞれに、俺を誘惑してくる。

男としての優越感と、純粋な肉体の気持ちよさに俺は流されていった。

「しーこ、しーこ……」

「硬いおちんぽを、わたしたちの手で……うふ。楽しいです」

彼女たちの指は思い思いに動き、肉棒をしごき上げていく。

不規則に蠢《うごめ》かれると、予想外の刺激が襲ってくる。

「でっぱったところの裏側を指で、こすこすっ♥」

「うぉ……！」

フォティアが細い指先でカリ裏を刺激してくる。敏感なところへの刺激に、思わず声が漏れた。

「それならわたしは、根元のほうを、こすこすこすっ」

「あぁっ……そっちも……くっ」

ネロアは小刻みに、絶妙な力加減で肉竿を擦ってきた。

その不意打ち気味な刺激にも、快感が膨らんでいく。

「ふふっ、ファウダー、かわいい反応してるね」

「感じている姿もセクシーで、もっともっとしたくなっちゃいます♪」

彼女たちは耳元でそんなことを言いながら、肉竿を責めていった。

「先端をこすこすこすっ……♥　掌でくりくりくりっ♥」

「しーこ、しーこ……うふふ」

フォティアは先端を、ネロアは根元のほうをゆっくりとしごいてきている。

与えられる快感を享受していると、彼女たちはさらに責めてきた。

「無防備なお耳を、れろっ」

「うわっ……」

「こっち側も、ぺろっ♥」

彼女たちは俺の耳を舐めてきたのだった。温かな舌が耳をくすぐると、背筋がぞわっとする。

「れろろっ。ちろっ……」

「こうしてお耳を舐めると、おちんぽも反応しますね」

左右の耳を、それぞれに舐められていく。

「じゅるっ……ちろっ……」

「れろっ……おちんちんも、しーこ、しーこ」

両側からの耳舐め手コキで快感が少しずつ、だが確実に膨らんでいく。

「れろっ、ちゅぽっ……じゅるっ……」

「ぺろろっ……ちろっ、ちゅっ♥」

耳元で響く卑猥な水音は、聴覚から官能を刺激する。

それに加えて、もちろん耳そのものを舌にくすぐられる心地よさもあった。

「れろろっ……じゅぷっ……」

「ぺろ、れろぉ♥」

耳を舐められながらも、彼女たちの手コキは続いていく。

「じゅぽっ……♥　ちゅぷっ……お耳の奥まで、れろっ……舌を忍び込ませて、じゅぷぷっ……れろっ♥」

「ぺろろっ……。お耳だけじゃなくて、おちんちんも気持ちよく、しーこ、しーこ……わたしたちのご奉仕、楽しんでくださいね」

「ああ……」

ふたりの耳舐め手コキで、興奮はどんどんと高まっていく。

「じゅぷっ、ちゅっ……こうしてお耳を舐めながら、れろっ……」

「おちんちんをもっと、しこしこ……ぺろっ」

「れろろっ……じゅぽっ、ちゅぱっ」

「ぺろっ……ちろろっ。少しペースを上げて……しこしこっ、しこしこっ♪」

「ふたりとも、うぁ……」

彼女たちに左右から耳と肉竿を愛撫され、射精欲も高まっていく。

「ん、ちゅぷっ……先っぽから、我慢汁が出てきてるね……ほら……ちゅぽっ♥　先っぽをなでなで、すりすりっ♪」

「フォティア、それっ……」

先走りでぬめりを帯びた掌が、亀頭をなで回して刺激してくる。

その気持ちよさに、さらに追い詰められていった。

「ちろっ、れろっ……なでなで、すりすり、じゅぷぷっ……♥」

「それじゃわたしも、れろっ♪　ぺろろろっ……お耳を舐めながら、おちんちんをしごいて、しこしこしこしこっ♥」

「おぉ……ネロア、ああっ……」

敏感な先端への愛撫は、鋭い刺激。根元をリズミカルにしごかれるのは、射精を促されるような刺激だった。

「あはっ♥　我慢汁、もっとあふれてきちゃってる。じゅぽっ、ちろっ……」

「お手々をいっぱい感じて、気持ちよくなってくださいね。れろっ♥」

彼女たちはそう言いながら耳舐め手コキを続け、そのまま俺を追い込んでいった。

「おちんぽの先っぽ、膨らんできてるね……れろっ、じゅぽっ……もう出そう？　しゅぽっ、ちゅぽっ……しゅっしゅっ♪」

「ぺろっ、ちゅぽっ……おちんちんしこしこっ……れろろろっ、ちゅぽっ♪　気持ちよくなってくださいね。しこしこ、しこしこっ」

「ふたりとも、もう出るっ……」

「いいよ、イって……じゅぽぽっ、れろっ、ちゅぽっ！」

「出してください、ほら、しこしこしこっ♥」

「あぁ……！」

俺はそのまま、気持ちよく射精した。

「あんっ♥　精液、すごい勢いで飛んでる♥」

「あぁ……すごいです♥　ん、どろっどろの精液だね……♥」

彼女たちに見られながら、精液を放っていった。

「濃い雄の匂いがしちゃってる……♥」

「ファウダー様、んっ……」

射精が終わると、彼女たちは密着状態から離れ、自らの服を脱いでいく。

「ね、次はこっち……」

「わたしたちのここで、気持ちよくなってください」

そろってそう言うと、俺にお尻を向けて、四つん這いになった。

「ああ……絶景だ」

丸いお尻が二つ並んでいる。とてもいい眺めだった。

「ファウダー、ほら、んっ」

フォティアはふりふりとお尻を揺らして、アピールしてくる。

「わたしも、もう準備できてます……♥」

そう言ってネロアは自らの指で、くぱぁとおまんこを広げてアピールをしてきた。

もうすっかりと濡れたその花びらが、メスの香りをさせながら開く。

ピンク色の内側が、ひくつきながら肉棒を求めていた。

美女ふたりに求められ俺の肉棒も滾っている。

俺はまず、愛液が溢れてすっかり潤っていたネロアのお尻をつかんだ。

「あんっ♥　ファウダー様、んっ」

俺はぷりっとしたお尻をつかみながら、愛液をたらりと染み出させている秘穴へ肉棒を当てがう。

「あぁ……熱いおちんぽが、んっ♥」

俺はその蜜壺へ、肉竿をぐっと押し込んで挿入していった。

「あふっ、ん、くぅっ！」

濡れた膣道は、スムーズに肉棒を受け入れていく。

「ああ……おちんぽ、中に、ん、はぁっ……♥」

膣襞をしっかりと感じ、侵入感を楽しむ。

「あふっ、ん、はぁっ……」

挿入はスムーズだったものの、一度咥えこむと、膣口はしっかりと肉棒を締めつけた。

「ん、はぁ……あぁっ……」

「このまま動くぞ」

「はいっ、ん、ああっ♥」

俺はネロアの腰をつかみ、ボリュームたっぷりのお尻へと打ちつけるようにピストンしていった。

「あふっ、ん、ああっ……♥　おちんぽ、すごいです！　あっ、こすれちゃって、あっ……」

そこで今度は、ゆっくりと往復させていく。

ぬぷっ、じゅぷっ……と、蜜壺が卑猥な水音を立てていった。

「ああっ♥　ファウダー様、んっ！」

俺はそのまま腰を振って、おまんこをかき回していった。

「ああっ、ん、はあっ、ああっ……♥」

「ネロア、すっごく気持ちよさそう♪」

「あっ、ん、はあっ……そんな、見ちゃ、ダメですっ」

横にいたフォティアは姿勢を変えると、俺に突かれているネロアを見ていた。

「あ、んっ、はぁっ……」

「おちんぽでいっぱい突かれて、とろけちゃってるね」

「やぁっ……♥ ん、はぁっ！」

ネロアは恥ずかしがっているようだが、おまんこのほうはむしろ、見られて喜んでいるように、きゅっきゅと反応する。妻同士仲良くなったからこその、羞恥があるのかもしれない。

それならばと、俺はさらに力強く突いていく。

「ああっ♥ ファウダー様、あっ、そんな、んぅっ！」

「ペースは変えてないぞ。ネロアのおまんこのほうが、吸いついてきてるんだ」

「そんな、んぁっ♥」

「ふふっ、感じてる顔、かわいい♪」

「あぅっ、フォティア、そんなにじっくり見られたら、あっ、ん、はぁっ……！」

「恥ずかしいのに、感じちゃうんだ？」

「ああっ♥ ん、うぅっ……！」

フォティアが楽しそうに言うと、ネロアは恥ずかしさで身もだえる。

膣襞が肉棒に絡みつき、震えている。

「あ、ん、はぁっ……だめ、ん、うぅっ……♥」

「おまんこかき回されて、いっぱい感じてるんだね」

「ああっ♥　だ、だってこんなの、ん、はぁっ！」

俺は少しずつ、ペースを上げてみた。

「んはぁっ！　あっ、おちんぽ、ズブズブって、中、んあっ！」

「わっ、すごい……パンパンって、お尻に腰を打ちつける音がして……♥　ファウダーのおちんぽが、ネロアのおまんこに出たり入ったりのも……見えちゃってる♥」

「ああっ♥　そんな風に解説しちゃだめぇっ♥　あっあっ♥」

フォティアの視線が、接合部へと向く。

くっぽりとチンポを咥えこんでいる自分のおまんこ。そこを往復する、愛液まみれの肉棒。

「こんな風になってるんだ……♥　自分がされてるときは、気持ちよさでちゃんと見られないけど……すごくエッチだね」

「ああ、実際、エッチなことをしてるんだしな」

「んはぁっ♥　ふたりとも、あっ、だめ、ん、くぅっ！　恥ずかしくて、あっあっ♥」

「余計に感じてるみたいだな」

「違いますっ♥　あっ、ん、うぅっ……！」

「でも、こっちは正直だぞ。吸いついてきてる」

言いながら腰を動かすと、膣襞が喜ぶように絡みついてくる。

「ああっ♥　んはぁっ、あぅっ、もう、だめぇっ！」

彼女が乱れ、高まっていく。

「んはぁっ♥　あっあっ♥　もう、ああっ！　イっちゃいますっ……♥　わたし、こんな、ああっ、ん、はぁっ♥」

「あぁ……すごい……♥　おちんぽがますます、おまんこをずぽずぽ突いて、ネロアの顔も気持ちよさでとろけちゃってる……♥」

「だめぇっ、見ないで、わたし、あっ♥　はしたなくイっちゃうからぁっ……♥　あっあっ、もう、ん、はぁっ！」

「あぅっ……子作りってすごすぎて、見てるあたしもむずむずしてきちゃう……」

最初は興味津々という感じで楽しそうにしていたフォティアだったが、淫気に当てられてか、もじもじとしだした。その様子もかわいらしく、俺の興奮も高まっていく。

「んはぁっ♥　あっ、ん、くぅっ……！」

俺は交わっているネロアへと、注意を戻す。

イキそうなおまんこは肉棒をしっかりと咥えこみ、擦り上げてくる。

俺はその中で、襞を掻き分けるようにして進んでいく。

「んはぁっ♥　あっあっ、もう、イクッ！　おまんこイクッ！　あっあっあっ♥　んぁ、あうっ、んくぅっ！」

「う……いいぞ、そのままイけ！」

ズンッと腰を奥まで突きだし、ピストンを繰り返していく。

「んはぁぁぁっ！　ああっ、すごいのぉ♥　奥まで、おちんぽきて、あっあっ、イクイクッ、イクウゥウゥウッ！」

背中をぴんと張り詰めさせながら、ネロアが絶頂した。

おまんこがきゅっと締まる。俺は高まる射精欲のまま、その絶頂おまんこを突いていった。

「んはぁっ♥　あっ、あっ、また……イってるおまんこ、ズンズンされて、あっあっ♥　だめぇっ、だめです、んぅっ♥」

そう言われても、俺はこの締まるおまんこを突くのが好きだった。

「このまま出すぞ！」

「ああっ、んぁっ♥　あぅぅっ、あっ、気持ちよすぎて、んぅっ、とんじゃいますっ♥　あぁっ！」

言葉とは裏腹に、限界以上の快感を求めるように強く肉棒を咥えこみ、膣襞でゾリゾリと擦り上げてくる。

「う、出るっ！」

俺はついに締めつけに耐えかねて、そのまま射精した。

「んひぃいぃいっ♥　ああ！　しゅごいの、あっあっ♥　中、いっぱい、あうぅっ！」

迸りを体内に受け、ネロアが再びイった。

身体を強張らせるネロアのお尻を押さえ、そこに精液を吐き出していく。

「ああっ♥ ん、あぅっ、あぁ……♥」

連続イキの快楽にネロアがぐったりと脱力していった。

「あうぅ……♥」

肉棒を引き抜きながら、彼女をそっとベッドへと寝かせる。

「あぁぁ……せっくす……すっごいね……」

それを見たフォティアが、呟きながらも俺へと期待の目を向ける。

「もちろん、次はフォティアの番だ」

「おちんぽ、まだビンビンだね」

「ああ。次はフォティアのここで気持ちよくしてくれ」

「んぁっ♥ う、うん……♥」

俺はフォティアの、濡れたおまんこを指で刺激した。

行為を見て濡らしているおまんこは、自分もされることに喜ぶようにひくつく。

俺はフォティアを押し倒し、覆い被さった。

「もうすっかり期待で濡れてるな」

「うぅ……あんな激しいの見せられたら、当たり前だよ……♥」

「フォティアにも、同じくらい激しくするからな」

「あぅっ……あんなにされたら、あたしも気持ちよすぎておかしくなっちゃう……」

恥ずかしがりながら、期待の目を向ける彼女。

「そうかもな。でも、乱れているネロアも気持ちよさそうだったし、エロくてかわいかっただろ?」

「うん……♥」

淫らに微笑むフォティアのおまんこに、肉棒をあてがった。

「逞しいおちんぽ……♥　あたしの中で受け止めさせて」

「ああ、いくぞ」

俺はゆっくりと腰を進め、肉棒を挿入していった。

「んはぁっ♥　ああっ……太いの、入ってきてる……」

熱いおまんこが肉竿を受け入れる。

俺はそのまま、ゆっくりとならすように腰を動かしていく。

「あふっ、ん、ああっ……」

フォティアも少しずつ、かわいらしい声を漏らし始めた。

「ファウダー、ん、はぁっ、ああっ!」

「いい締めつけだな」

待たされていたおまんこは、その分を取り戻すかのように肉棒を咥えこんでくる。

その心地よい締めつけを感じて、俺も楽しむ。

「ああっ♥　ん、はぁっ、あぅっ……」

フォティアは色っぽい声を出しながら、俺を見上げた。

「んぁっ、ファウダーのおちんぽ、あたしの中……ん、ネロアのあとでも気持ちいい？」

「ああ……絡みついてくるフォティアの中を擦っていると、ほら！」

ギンギンに再勃起して、肉棒がフォティアの最奥へと届いた。

「んああっ！　ああっ、いい、ん、ふぅっ……」

膣襞を満遍なく擦るように腰を動かしていくと、ますます嬌声を漏らしていく。

「んはっ、ああっ……ん、ふぅっ……」

俺はかわいらしく喘いでいく彼女を見ながら、秘裂へのピストンを続けた。

「あぅっ……ん、はぁっ……ああっ……よかった……ファウダーに喜んでもらえて」

蠕動する膣襞が、喜ぶように絡みついてくる。

「んはぁっ♥　あっ、ん、ふぅっ……」

粘膜同士がこすれ合う気持ちよさと、快感に浸るフォティアのかわいらしさに、自然と腰の速度が上がっていく。

「あぁっ♥　おちんぽが、あたしの中をかき回してるっ！　ん、ふぅっ……さっきのネロアみたいに、出たり入ったりしてるんだね、んあっ！」

「ああ、そうだぞ。ほら、中でもっと感じてくれ」

「んあぁぁぁっ♥」

俺はわかりやすいように、角度を変えながらおまんこを擦り上げていく。

「あふっ、ん、はぁっ……ああっ……♥」

蠕動する膣襞が肉棒を擦り上げ、快感を高めていく。

「あっあっ……♥　ん、はぁっ……気持ちよくて、ん、ふぅっ……」

声のトーンも上がり、快感が増しているのが分かる。

ピストンの度に、突かれる彼女の身体もリズミカルに揺れていた。

それに合わせて弾むように揺れる、柔らかな双丘へと手を伸ばす。

「あんっ♥　ん、ファウダー、あぁっ……」

むにゅり、と。掴むだけですぐにかたちを変えるおっぱい。

やわやわと、その柔軟な巨乳を揉んでいく。ちゃんと張りはあるのに、どこまでも柔らかかった。

「あんっ♥　おっぱい、ん、ふぅっ♥」

「身体に当てられるのも気持ちいいが、こうして揉んでいくのが、やはりいいな」

そう言いながら、大きな乳房をこねるように揉んでいく。

「んはぁっ♥　あっ、あぅっ……♥」

たわわな果実を堪能していると、フォティアの顔もとろけていった。

「あうぅっ、ん、はぁっ……おまんこ突かれながら、おっぱい揉まれたら、あたし、ん、あぁっ、んくぅっ♥」

「好きなだけ感じて、乱れてくれ」

「あぅっ……さっきの、んぁ、ネロアみたいに？」

「ああ、それ以上にでもだ！」

言いながらもおっぱいを揉み、腰を動かしていく。

「あうぅっ♥　あぁ、あたしも、ん、あんな風に、ああっ♥　気持ちよさでとろけて、えっちな顔になっちゃうんだ……」

「ああ。今だって、かわいく感じてるのがわかるぞ」

「んはぁっ♥　あぁ、そんなに言われたら、あぅっ……♥」

反応して、おまんこがきゅっと締まる。俺はキツいその中を往復していった。

「んはぁっ♥　あっ、だめ、どんどん、感じて、ん、あうっ……」

「よし、ペースを上げるぞ」

俺はそう言って、腰振りの速度を上げていく。

「んはぁっ！　あっ、ん、うぅっ、ああっ♥」

彼女は嬉しそうに嬌声をあげ、どんどん感じていった。

「あっあっ♥　おまんこ、いっぱいズンズン突かれてる……♥　ネロアみたいに……んはぁっ、ああっ、奥まで、おちんぽ、届いて、ああっ！」

俺はぐっと腰を突き出して、フォティアを膣奥まで犯していく。

「んはぁっ♥　あっ、激しっ、ん、うっ！　ああっ♥　んはぁっ♥」

ピストンの度に声をあげて、フォティアが乱れていく。

「ああっ♥　ん、あっあっあっ♥　もう、イクッ！　んはぁ、ああっ！」

「ああ、いいぞ。好きだけ感じて、イってくれ」

「んぁ、とろけちゃうっ♥　気持ちよくて、あっあっ、ん、ああっ！」

俺はラストスパートで、腰の速度を上げていった。

「ああっ♥　んはぁっ、あっ、あぅ！　イクッ！　もうイクッ！」

蠕動する膣襞が、快感を求めて肉棒をしゃぶり尽くしていく。

「ああっ♥　んはぁっ、あぅっ、くぅっ、んあっ！　あっあっあっ♥　イクッ、イクイクッ！　イックウウゥゥゥッ！」

「うっ……！　俺も……出る！」

びくんと身体を跳ねさせながら、フォティアが絶頂した。

イキまんこの締めつけに合わせてぐっと強引に押し込んだ瞬間、精液が腰を駆け上ってくるのを感じた。

「きてぇっ♥　あたしの中、んぁっ♥　イってるおまんこに、んぁっ♥　ファウダーのせーえき、出してぇっ♥」

「ああ……出すぞ！」

行き止まりのコリッとした部分を意識して、彼女の膣奥へと肉棒の先を届かせる。

すると子宮口が、くぽっと肉棒を咥えこんで吸いついてきた。

どびゅっ！　びゅくくっ、びゅるるるるるっ！

吸いつく子宮口に促されるまま、俺は射精する。

「んはぁぁぁぁぁっ♥　あぁっ、せーえき、んぁっ♥　どびゅどびゅでてるっ♥　あたしの中、奥に直接、そそがれてるぅっ……♥」

「う、あぁ……！」

ゼロ距離射精を受けて、彼女が再びイった。膣道全体が肉棒を締め上げ、精液を搾り取ってくる。

「んはぁっ、ああっ……♥　あっ♥　んはぁっ……」

その快感に、フォティアの顔はすっかりとはしたないイキ顔になっていた。

「んぁ……あぁ……♥」

俺はそんな彼女の中に、しっかりと精液を出し切ると肉棒を引き抜く。

「んぅ……ファウダー……」

愛しい妻が俺に抱きついてきた。俺もそのまま、彼女の横へと寝転がる。

「ファウダー様♥」

すると反対側からは、意識を取り戻したネロアが抱きついてきた。

俺は左右のふたりを抱き寄せながら、満足して身体の力を抜いていった。

ふたりとも俺に抱きつきながら、幸せそうな顔をしている。

俺も彼女たちと結ばれたことに、最高の幸福感を得ていた。

こんな幸せが、これからも続いていくのだ。なんと素晴らしいことか。

帝国も王国も、きっと栄えていくことだろう。この素敵な妻たちさえいれば……な。

体力を使い果たした俺は、心地よい感覚に包まれながら意識を手放していった。

あとがき

みなさま、ごきげんよう。愛内なのです。

気がつけば今年も残りわずか。一年があっという間に過ぎていきますね。

今回は大帝国の皇子が、その立場ゆえに、二つの国のお姫さまから求婚されて、性的に迫られるハーレムライフのお話です。

大陸一の勢力を持つ帝国の、次期皇帝である主人公。

帝国に次ぐ力を持っていて、ライバルでもある二国が、自慢のお姫さまを送り込んで、主人公を取り合うことに……というところから始まります。

かつては本当に仲が悪く、争っていた両国です。

もちろん帝国と縁を深めることは魅力的ながら、それ以上に、相手国より優れていると認めてもらうということを重要視しています。

そんな、本人たちは真剣だけれど、端から見ていれば微笑ましい程度の求婚バトルとなっております。


ヒロインはふたり。

水の国から来た、第一王女のネロア。

国内でも理想のお姫様と人気の高い美女です。

一見すると楚々として控えめなお姫様ですが、それが完全な素というよりは、人々の期待に応えようとしている面で少しだけ計算高い部分もあります。

その分、主人公とはタイプが近く、相性がいいこともちゃっかりアピールしてきます。

もうひとりは、火の国の第二王女フォティア。

国内では、元気で親しみやすいお姫様として人気です。

裏表がなく素直な性格で、まっすぐに好意を伝えてきます。

彼女はあまり両国の争いには興味がなく、幼い頃から好きだった主人公を射止めるチャンス、ということで迫ってきます。

そんな彼女たちとのイチャイチャハーレムを、どうぞお楽しみください。


挿絵の「あきのそら」さん。今作でもご協力いただき、本当にありがとうございます！

ヒロインをふたりを、とても魅力的に描いていただいて嬉しいです。

特にふたりとのハーレムプレイは、魅力的な美女に抱きつかれる豪華感や、それぞれの柔らかそうな感じがとても素敵でした！　じっと見つめられる表情も、素晴らしいです。

またぜひ、機会がありましたら、よろしくお願いいたします！


それでは、次回も、もっとエッチにがんばりますので、別作品でまたお会いいたしましょう。

バイバイ！

二〇二一年一〇月　愛内なの

キングノベルス

大帝国《だいていこく》の皇子《おうじ》、隣国《りんごく》のお姫《ひめ》さま×2の求婚《きゅうこん》が過激《かげき》すぎて選《えら》べない!?

2021年 11月 26日　初版第1刷 発行

■著　　者　　愛内なの
■イラスト　　あきのそら

発行人：久保田裕
発行元：株式会社パラダイム
〒166-0004
東京都杉並区阿佐谷南1-36-4
三幸ビル4A
TEL 03-5306-6921
印刷所：中央精版印刷株式会社

KN097

失格王子と没落令嬢が結婚したら無敵でした
愛内なの
Nano Aiuchi
st:あきのそら
～二人のメイドと合わせて
俺と妻との下剋上！
メイドサポートで、
夜も最高です♥
第三王子ブレアは武人として活躍しつつも、陰謀から辺境への転戦を言い渡される。そこで出会った伯爵令嬢ルイーズの美しさと強さに惹かれて結婚し、お互いの再起をかけた戦いに挑むことに！　激戦の中、メイドたちも加えた夜伽では子作りにも励むこととなって!?